能者《れいのうしゃ》ナト

<11>

葉山 透

REINOUSHA MINATO 0

【Key words】

怪異

人の世の理から外れたものの総称。おとぎ話に出てくるような妖怪じみたものから、形をとらない念の淀みのようなものまで、数え上げればきりがないほど存在している。その行動原理は人に理解できるものではなく、往々にして残虐。人の力が及ばぬ脅威である。

御蔭神道

怪異の討伐を使命とする集団。起源は飛鳥時代にまで遡ると言われている。長い年月、培われた退魔の法は他の追随を許さない。警察、行政組織とも繋がりがあり、この科学隆盛の現代においても影響力を保っている。

総本山

御蔭と同じく怪異の討伐を使命とする集団。密教を信奉していることから若干歴史は浅いが、間違いなく起源は平安時代にまで遡るであろう。その成り立ちは定かでないが、御蔭神道とも交流が認められ、怪異討伐の双璧をなしている。

【Characters】

九条《くじょう》 湊《みなと》

退魔師たちの業界では「零能者」と揶揄され忌み嫌われている青年。飄々としていながらしたたかで毒舌。その態度で余計敵を作っているが、本人は気にしていない様子。法力も霊力もないが、驚くべき炯眼で誰もが思いもよらない方法で怪異を倒す。

山神《やまがみ》沙耶《さや》

御蔭神道の巫女。まだ高校生だが、神降ろしができる優れた才能の持ち主。非常に生真面目で、融通がきかない分思い悩んでしまうことも。人を疑うことを知らない素直な性格を「馬鹿正直」と湊にからかわれることもある。

赤羽《あかばね》ユウキ

子供でありながら、総本山でも一目置かれる法力の持ち主。退魔に関しては天性の才覚を持っている。その分、妬まれ、孤立してしまっている。大人びた冷めた感情と、子供らしい自己顕示欲が同居しているので、時折跳ねっ返りな態度を取る。実は寂しがり屋な一面も。

水谷《みずたに》理彩子《りさこ》

御蔭神道の巫女。若い女性の身で、正階という高位についている。数々の怪異事件を解決してきた実績を持ち、その頃から湊とは因縁の仲。姪の沙耶を溺愛し、厳しくも慈しみの目で彼女を見守っている。

荒田《あらた》孝元《こうげん》

総本山の法力僧。卓越した渉外能力を持ち、高い地位についている。穏やかな物腰に笑みを絶やさないその姿に好感を持つ者も多い。ユウキを馬鹿にせず、真摯に向き合ってくれる数少ない一人。湊と理彩子とは古いつきあいらしい。

【第二話】嘘

プロローグ

ノックをしても返事はなかった。少し時間をおいてもう一度ためらいがちにノックをするが結果は一緒だ。しかし誰もいないわけではない。中から気配はする。ただこちらを無視しているだけだ。

染谷静子《そめたにしずこ》はあきらめたように ため息をつくと、ドアの前に夕食の載ったトレイを置いた。

「ここに置いておくからちゃんと食べてね。今日はあなたの大好きなマリネを作ったから。食べ終わったらいつものようにドアの前に置いておいて」

トレイを置いてドアの前から立ち去ろうとした静子は、途中で一度だけ振り返った。ドアが開く気配はない。

「ねえ、葉瑠ちゃん。一度でいいからお母さんに顔を見せて」

返事はない。こぼれそうになった涙をぬぐうと今度こそ階段を降りる。

一階の居間には夫の宗佑《そうすけ》が夕食を食べないで待っていた。

「どうだった？　葉瑠《はる》はでてきたか？」

静子は首を左右に振る。

「……そうか」

「もう二ヶ月もあの子の顔を見てない」

それもチラッと顔を見ただけで、ひきこもり始めてから半年になる。

明るい普通の子だったのに、二月の終わりから突然、何かに怯えるような様子を見せ始めた。最初は体調が悪いと言っていたが、半月もしないうちに部屋から出ないようになってしまった。最初はしかったり励ましたりしてみたが、何をしても無駄で、無理やり入ろうとしたら内側からカギをかけられ、重い家具を置かれてしまった。

それ以来、ずっと部屋に閉じこもったままだ。

「まあ、いつかは出てくるだろう」

「いつかって……」

夫の無責任な物言いが腹立たしかった。あなたがそんなふうだからと言いたかったが自制した。

学校に相談してみたり友達に話を聞いたりしたが、原因はわからない。いじめられていた様子はなく、担任から家庭の問題ではと言われたことが未だに尾をひいている。原因がわからないのは自分も同じだ。どうしてなのか、いまだに思い当たるふしはなかった。

「このままだと高校受験も危ういな」

悠長なことを言っている夫は腹立たしいばかりだ。

「風呂やトイレは俺たちが働きに出かけているときにすませてるんだろ？　何日か出かけないで張り込んでみたらどうだ？」

以前それをやって部屋から異臭がしたことをもう忘れたのだろうか。あの子は自分たちがいる間は絶対に外に出ない。

「ねえ、やっぱり外の人にお願いしてみない？」

ひきこもった子供を立ち直らせる支援団体はいくつかある。

「ダメだと言ったのを忘れたのか。そんな恥ずかしい真似はやめろ」

もちろん覚えている。まったく納得のできない理由も含めてだ。自分の娘よりメンツのほうが大事なのだろうか。この期《ご》に及《およ》んで。

脳裏をよぎるのは離婚の二文字だが、その場合葉瑠がどうなるかと考えると、やはり踏み切れるものではない。

そのとき突然、二階から大きな物音がした。

「なんだ？」

宗佑は天井を怪訝《けげん》そうに見る。

「葉瑠に何かあったんじゃ」

「何か落としただけだろう」

「倒れているかもしれないじゃない！」

悲鳴が聞こえたのはそのときだ。

「やめて！　助けて、助けて！」

同時に争うような物音が聞こえてきた。


「何があった。開けなさい」

「葉瑠ちゃん、お願い。ここを開けて」

二人でドアを叩いても、中から何も反応は返ってこなかった。先ほどまでの騒ぎが嘘《うそ》であるかのように、中は不気味に静まりかえっている。

「外を見てくる」

夫が駆け出し、戻ってくるのを待つ間も、静子はドアを叩き続けた。

「雨戸は閉まったままだ」

夫の言葉にとりあえず安堵《あんど》する。雨戸が閉まっていたなら外から暴漢が入ったという可能性はない。しかしさっきの音と悲鳴はただごとではなかった。

娘はひきこもってから、ずっと静かだった。暴れたりするようなことは一切なく、こんな大きい物音がしたのは初めてのことだ。

「しかたない。ドアを破って入るぞ」

夫が何度かドアに体当たりをするのを静子は祈るような気持ちで見ていた。

——お願いだから無事でいて。

ドアは数度の体当たりで音を上げ、思ったより簡単に開いた。

「入るわよ、葉瑠」

「大丈夫か？」

部屋の明かりをつけると葉瑠は部屋の隅でうずくまっていた。

二ヶ月ぶりに見る娘の姿。その顔は真っ青で体は震えていて、とても無事な様子には見えない。

「これは、どういうことだ。この部屋はどうなっている？」

葉瑠にばかり気をとられていた静子は、夫の声で初めて室内の異常に気づいた。

薄暗くてよくわからなかったが、よく見ると部屋の中はメチャクチャだった。家具は倒れ小物類は床に散らばっている。それだけではない。部屋の壁や床、天井、家具には切り裂かれたような三本の傷がいくつもあった。まるで大きな爪を持つ猛獣が暴れたような惨状だ。

「大丈夫よ。もう大丈夫。ねえ、いったい何があったの？」

部屋の隅で震えている葉瑠を抱きしめて静子は優しく問いかける。

「……化け物が」

葉瑠は震えながら、ようやく言葉を絞《しぼ》り出した。

「化け物？」

予想外の言葉に静子は驚く。

「化け物が出たの！」

葉瑠の腕にも、爪痕のような傷が三本刻まれていた。

1

事務所のドアを開けると、むわっとした生ぬるい空気が頬に押し寄せてきて、ユウキはうんざりする。

「なんだよ。エアコンきいてないの？」

文句を言いながら事務所に入ると、湊《みなと》と沙耶《さや》がテーブルをはさんで向かい合っているのが見えた。

湊はソファにふんぞりかえって足を組むといういつもの態度で、対照的に沙耶は緊張した面持《おもも》ちで前屈みにテーブルをじっと見ている。

「ねえ、この部屋暑くない？　エアコンきいてないよ」

「昨日ぶっ壊れた。ゴミ捨て場から拾ってきたわりにはもったほうだな」

窓にはめ込むタイプのエアコンはかなり年季が入っていた。ユウキも沙耶もこの事務所でしかその形のエアコンを見たことがない。いままで稼働していたほうが不思議だったが、とうとう壊れたらしい。

さすがの湊も暑さに汗をたらしている。扇風機も動いているが、生ぬるい空気をかき回しているだけで、たいして役に立っていないようだった。

ユウキが隣にきても、沙耶は真剣な表情でじっとテーブルを見つめたままだ。沙耶だけは汗一つかかず、しゃんと座っていた。湊の暑苦しさはもちろん、自分自身と比べても沙耶は涼やかだ。なんで汗をかかないのだろう。毛穴一つ見えない白いすべすべの頬を盗み見て、ユウキはドキドキしながらも不思議に思う。暑い中歩いてきた自分はきっと汗臭いだろうに、沙耶からはいい匂いしかしてこない。

「で、二人はなにしてるの？」

テーブルの上には五つの封筒が並べられていた。沙耶が見ているのはどうやらその封筒のようだ。どれも真新しい茶封筒で見た目の違いはない。

「なにこれ？　依頼かなにか？」

「そうです」

沙耶は硬い声で答える。

「先生が珍しく依頼を受けてくれると言ってるんです」

ここ数週間、湊は仕事をしていない。理由は暑いからだが、冬なら寒いから、春秋なら快適な気温だからという理由で仕事をしないのはいつものことだ。

ということは、ここに来るようになってから、もう季節が一巡りしたんだなとのんびり考えていたユウキだが、真面目な沙耶はまた違う感慨を抱いているのだろう。

なんとか湊を真人間にしようと今日もがんばっている。

「おっさんが受ける仕事なのに、どうして沙耶おねえちゃんが封筒を見てうなってるの？」

「先生の選んだ事件はどれもしょうもないものばかりで。それはもう本当にしょうもないものばかりで、仕事をしていないのと一緒なんです」

よほどひどい案件を選んだのだろう。そんな案件や依頼書を孝元《こうげん》や理彩子《りさこ》が持ってくるとは思えない。湊がどこからか引っ張り出してきたのか、あるいは孝元や理彩子も連日の暑さで朦朧《もうろう》としてしまい、うっかりそんな依頼書を交ぜてしまったか。

「そんなハズレが三つ。でもアタリも一つ入ってるはずなんです」

「ああ、そういうことか。つまり沙耶おねえちゃんが選んだ封筒の依頼を受けるっておっさんは言ってるんだね。ハズレが三つにアタリが一つ……あれ、でも封筒は五通あるよ？」

「一つは大ハズレなんです。どう見てもただの不衛生な部屋で害虫が大量発生しただけの、本当にどうしようもない依頼です。どこからどう見ても怪異のしわざじゃありません。誰もいないのにゴミ袋がカサカサ鳴るなんて、心霊現象でもなんでもありません」

「そりゃゴキブリだね。おっさんもそんな嫌がらせやめなよ。沙耶おねえちゃん、ゴキブリ大嫌いなの知ってて」

「ゴキブリだって決まったわけじゃないだろうが」

沙耶は穴があくほどじっと封筒を見ている。そんなくだらない提案、乗らなければいいのにと思うのだが、きまじめな沙耶は湊に仕事をさせるきっかけになるならばと乗ってしまったのだろう。

「先生に、先生にまともな仕事をさせるんです」

思い詰めたように言う沙耶の向かいでは、当の本人がそろそろ飽きたとでも言いたげに大きなあくびをしている。

「なあ、さっさと選んでくれないか？」

「もう少し、もう少しだけ待ってください。何か見えてきそうです」

見えてきそうって何が見えてきそうなのだろう。御蔭神道《みかげしんとう》に透視術でもあっただろうか。もしあるなら湊がまっさきに教えろと言ってきそうだ。もちろん目的は仕事でなく、ギャンブルに活かすためだが。

「どんなに見たってわからないぞ。もうさっさと決めてしまえよ。もうこれでいいだろう」

湊が無造作に手を伸ばした封筒をあわてて沙耶は押さえる。

「わかりました、これは、ハズレですね」

沙耶はどうだという顔で湊を見る。湊の行動を疑うのは正しい。沙耶がここに通うようになって成長した証だ。しかしそれではまだ三十点だ。

「逆にアタリかもしれないよ。沙耶おねえちゃんがそう考えることを見越して、わざと手を伸ばしたんだ。そしてハズレを引いてショックを受けてる沙耶おねえちゃんに向かってこう言うんだ。あーあ、せっかくアタリを教えてやったのに。人を疑うからそうなるんだってね」

沙耶は絶望的な顔で嘆く。

「そんなあ……。じゃあやっぱりこれがアタリなんですか」

禁煙一週間目の愛煙家が葛藤しながらたばこの箱に向かって手を伸ばすように、沙耶は震える手を封筒に伸ばす。

「でも逆にそう思わせて、やっぱりハズレだったたって可能性もあるけど」

伸ばした手がぴたりと止まった。

「ユウキ君、いったいどっちなの……？」

「迷うだけ無駄だよ」

ユウキは五つの封筒を手に取ると、一度束ねてから適当にシャッフルして扇状に広げてみせる。

「はい、これでおっさんも中身がどれなのかわからない。おっさんの言葉なんかに惑わされずに、一つ適当に選んじゃえばいいよ。ポーカーやババ抜きと同じ。相手が札を知ってる心理戦で、素直な沙耶おねえちゃんが百戦錬磨のおっさんに勝てるわけないんだから」

露骨な舌打ちの音がする。

「せっかくアホがうだうだ悩んでる姿を見て暑さを忘れようとしてるのに、おまえはどうして人の娯楽を奪うんだ」

「そんな真夏の生ゴミみたいにろくでもない娯楽、さっさと捨てちゃってよ」

「じゃ、じゃあこれで……」

多少迷いは吹っ切れたのか、沙耶はそのうちの一通を選んだ。中から一枚の紙を取り出し広げてみている。

「や、やった！　アタリです！」

沙耶が満面の笑みで依頼書を高々とかかげた。まるで合格通知を受けとった受験生のようだ。

「おい、アタリだと？　ふざけるな」

「へえ、ホントに入ってたんだ」

ユウキは少しだけ驚く。本当にアタリが入っているとは思わなかった。湊のことだからてっきり全部ハズレに入れ替えていると思っていた。もし沙耶がハズレを引いたら中身を全部あらためてアタリがないことを非難し、依頼を受けさせようというのがユウキの思惑だった。

「だいたいなんで夏休みの季節に働かなくちゃならないんだ」

「おっさん、いつから学生になったの？」

「俺も夏休みが欲しい」

「先生は年がら年中休んでるじゃないですか。たまには働きましょう」

依頼書を持った沙耶はうきうきした様子だ。

「で、どんな依頼なの？」

「怪異に何度も襲われている女の子の事件です。女の子も部屋も傷だらけだそうです」

「うわあ、つまらなそう」

その手の依頼は総本山《そうほんざん》にも御蔭神道にも毎日腐るほど舞い込んでくるだろう。

「ほら、天才少年殿もこう言ってる」

「ユウキ君？　先生みたいな基準でものを言っちゃダメ」

「うん、まあ困ってる人がいるなら助けないとね」

「おい、そこのマセガキ。いいこと教えてやる。親切な男ってのは、女に利用されることはあっても惚《ほ》れられることはないぞ」

「先生はどうしてそういうことばっかり言うんですか」

沙耶と湊が言い争うのを聞きながら、ユウキは依頼書を見る。

――まあ、これなら僕と沙耶おねえちゃんですぐに終わらせられるかな。おっさんじゃないと解決できない怪異事件が家庭内でそう簡単に起こるわけないしね。

と、このときユウキはそう思っていた。

2

染谷葉瑠の視界に入るのは、小学四年生のときにあたえられ五年間使い続けてきた自室だ。

ベッドに勉強机、クローゼット、本棚といったごくごく一般的な家具の他に、お気に入りのテーマパークのキャラクターのぬいぐるみがたくさんあった。

しかしいまは一変している。

ベッドは引き裂かれ中の綿が飛び出し、ガラス製のテーブルは割れ、クローゼットは開いていて、中に入っていた衣類やハンガーはそこら中に散らばっていた。そして床や天井には三本線の深い溝がいくつも刻まれていた。まるで巨大な獣の爪痕だ。

お気に入りだったぬいぐるみも無残に切り裂かれている。

葉瑠は真っ青な顔で部屋中をゆっくりと見回す。どこかに何かが隠れているのを恐れているかのようなしぐさだった。

「……怖い」

つぶやいたらますます恐怖感が襲ってきた。

あれからほとんど眠れていない。

ベッドサイドにある小さな鏡に自分の姿が映っている。ひどく憔悴《しょうすい》した自分の顔は、よけいに恐怖感を強くさせた。

「葉瑠、来てくださったわ。開けるわよ？」

ドアの外から母親の声がして、坊主の格好をした初老の男性が入ってきた。威厳のあるたたずまいで、白い立派なあごひげをたくわえている。

——この人なら化け物をなんとかしてくれるかもしれない。

部屋の扉を開けるのは嫌だったが、化け物はもっと怖い。藁《わら》にもすがる思いだった。

「君が染谷葉瑠さんだね」

葉瑠はすがるような気持ちでうなずく。深い皺《しわ》に埋もれた険しい眼差《まなざ》しを向けられ、体は萎縮してしまうが、それでも葉瑠は精一杯答えた。

「そ、そうです」

恥ずかしくなるくらい声がうわずっている。

「怪異が現れたのはいつかね？」

「怪異？　あ、あの化け物のことなら、一昨日……です」

こうして他人と話すのはいつ以来だろう。

「一昨日？」

坊主は怪訝な顔をする。

「それは本当かね」

「本当です」

「母親からもそう聞いている。……では、私は必要ないな」

坊主は難しい顔をするときびすを返し、部屋を出ていこうとする。

「待ってください。どこに行くんですか？」

「君の嘘に付き合うつもりはない」

「嘘？　私は嘘なんて……」

ついていません、と葉瑠が言う前に強い反論が返ってきた。

「この部屋には怪異の気配が微塵《みじん》もない。怪異が現れたというのは嘘だ」

葉瑠の言い分は一切聞かず、バカバカしいと怒って、それ以上話し合う余地はないとばかりに坊主はさっさと部屋を出てしまった。

あわてて追いかける母親の声が、とても遠くに聞こえた。


あれから何回、恐ろしい化け物が現れただろうか。

何人の怪異専門家と呼ばれる人たちが訪れただろうか。

そして皆、一様に同じことを言って去っていく。

曰《いわ》く、嘘つきめ。曰く、怪異など現れていない。曰く、病院で診てもらったほうがいい。誰一人として葉瑠の言葉を信じ、まともに耳を傾けてくれる人はいなかった。

今日もまた御蔭神道から来たという三十代半ばの男性が激高した。

「いい加減にしたまえ」

宗栄《そうえい》と名乗る御蔭神道の神官は、いままで来た人たちと同じように嘘だと断定し怒って背を向けてしまった。

——怖い化け物はいるのに。でも、もういいや。このままでもいいや。

言葉にすればよけい相手を怒らせるだけだと学んでしまったので、今はもう遠ざかる背に祈ることしかできない。

宗栄が帰ろうとするタイミングでまた人がやってきた。

――なんだろう、この人。

軽薄そうな二十代後半の青年を見て、葉瑠は不思議な気持ちになった。よれよれのTシャツに黒のデニムというラフな格好の若者は、渋谷《しぶや》や池袋《いけぶくろ》にいくらでもいる普通の青年で、とても化け物を祓《はら》うような人間には見えない。

「おまえは……」

知り合いなのだろうか。部屋から出て行こうとしていた神官、宗栄は驚いた様子であとから入ってきた青年を見た。しかし好意的な態度とは言いがたく、知り合いだとしても仲がいいわけではなさそうだ。

「ほうほう、これが怪異が現れた部屋ねえ」

青年は物珍しそうにニヤニヤと笑いながら部屋の中を見回した。

「なぜおまえのような人間がここにいる。いや、こんな嘘だらけの依頼はおまえのような人間にこそふさわしいな。インチキの零能者《れいのうしゃ》風情《ふぜい》が」

嘘だらけ。その言葉が葉瑠の胸に突き刺さる。

しかし言われた当人の青年は、宗栄の揶揄《やゆ》をまったく意に介さず、部屋を見て回っていた。

「へえ、けっこう深いな。壁にこれだけ跡をつけられる怪異はなんだろうな。ところで、毎回俺を罵る言葉が同じで、いい加減飽きてきたんだが。台詞《せりふ》がワンパターンなのは雑魚《ざこ》の証明だぞ」

壁の爪痕を指でさわりながら、嘲りなどどこ吹く風だ。

「き、きさま！」

怒りで顔を真っ赤にした宗栄は、いまにも青年に飛びかかりそうに見えた。

そこに二人の人間が追いかけるように部屋の中に入ってくる。

「おっさん、勝手に先に行かないでよ」

「せめて家の人にちゃんと挨拶してからあがってください」

口ぶりからどうやら青年の連れらしいが、その顔ぶれは意外なものだった。

一人は自分より幾分年上らしい少女。もう一人は小学生とおぼしき少年だ。二人は部屋に入るなり青年に対して文句を言っていたが、自分の姿に気づくと頭を下げて自己紹介を始める。

「染谷葉瑠さんですね。はじめまして、山神《やまがみ》沙耶と申します。あなたのお母様から怪異の出没についての調査と解決を依頼されてやって参りました」

「赤羽《あかばね》ユウキです。こう見えても強い法力《ほうりき》持ってるから安心してね」

少女――沙耶は優しい口調で、少年――ユウキは利発そうな態度でそれぞれ挨拶をしてくる。

「で、あちらにいますのが、たぶんまだ自己紹介もしていないと思うのですけれど、九条《くじょう》湊と言います。そうは見えないかもしれませんが怪異退治のエキスパートなんですよ。先生、ほら、ちゃんとあいさつしてください」

優秀と紹介された九条湊という青年は、あいさつどころかあとから入ってきた二人を追っ払うしぐさをした。

「おまえらなにしにきたんだ。狭い部屋がさらに狭くなるだろうが」

ベッドや机や本棚が置かれた六畳の部屋に五人も人がいると、そのうち三人が子供だとしてもかなり手狭だ。

「つうか暑いわ。炎天下から逃れてやっとクーラーのきいた家に入れたんだ。これ以上むさ苦しくするな」

「私はもう帰る。零能者風情はともかく、連れの二人には理由はもうわかっているようだな」

宗栄は、部屋の中でしきりに首をかしげている沙耶とユウキを見て言った。

「たしかに。ちょっとおかしくない？」

疑問を呈《てい》したのはユウキだ。

「ユウキ君もそう思う？　私も家に入ったときあれって思ったの」

沙耶が同意する。

葉瑠はひざをぎゅっと抱きしめた。これからまた一連のやりとりが行われるのだろう。

怪異なんていない、この娘が嘘をついている、自作自演だと責められたあと、怒って帰る霊能者に、おろおろ声をかける母親。

「怪異の気配、まったくしないんだよね」

うなずき合う子供二人に、宗栄は我が意を得たりとばかりに話しかける。

「そうだろう。そうであろう。零能者風情にはわからないかもしれないが、そこの童《わらべ》二人が言っているのは間違っていない。おまえ達も無駄足だったな。虚言癖のある娘の戯言《ざれごと》だった。すべては嘘だ」

「嘘じゃ……」

否定しようとした声は、宗栄のひと睨《にら》みに屈して途切れてしまった。

「なあユウキ。おまえなら何日くらい前までなら、怪異が現れたかどうかの気配がわかる？」

　湊は興味なさそうに耳の穴をほじくりながら問いかける。

「そうだね。これだけはっきりと暴れた痕跡を残す怪異なら、実体もはっきりしていて体も大きいと思うんだよね。そういう怪異の気配は残りやすい。僕なら二週間くらいまでなら気配の痕跡がわかると思う」

「依頼書によると現れたのは一昨日です。ユウキ君なら見逃すこともないと思います」

「つまり怪異の気配はないってことで確定でいいんだな」

「だからそう言っているだろうが」

　宗栄はややいらだった口調だ。

「そうか、じゃあもうやることは決まっているな」

　葉瑠は絶望的な気持ちになる。このあとの言葉は聞くまでもない。彼らもまた嘘と決めつけて帰ってしまうのだろう。

「調査開始ですね」

「まず何から始めようか」

「……え？」

葉瑠は驚いて顔を上げた。

「待て、待て待て待て！　いままできさま達は何を話していた。怪異は出現していない、この娘の狂言だと確認したばかりではないか」

驚いたのは葉瑠だけではない。宗栄も同じように驚き動揺しているようだった。

「そんなことは確認してないよ。僕たちが言ったのは怪異の気配がないってことだけだよ」

「そうですね。怪異の気配はないです」

「だったら調査の必要などどこにもないだろう」

湊がやれやれと大げさなゼスチャーで肩をすくめる。相手を煽《あお》っているようにしか見えない。

「怪異の気配がないイコール怪異は出現しなかったって、どんだけ短絡思考なんだ。怪異の気配がないからといって怪異が出なかった証拠にはならない。いかがわしい店に行ったからといってやましいことをしているとは限らない」

「いいえ、それはやましいことをしています」

沙耶が冷めた表情ですかさず否定した。

「限るね」

ユウキはもはや面倒くさそうだ。

「状況証拠だけで判断するなという好例を出しただけだろうが」

「たとえが最悪です」

「話が横道にそれるから、よけいなことで言い争うのはやめようよ」

最年少のユウキが一番しっかりしたことを言っていた。

「くだらない話はいい。なぜだ。なぜ調査をする必要がある！」

「可能性は三つ考えられる。一つ、気配を残さない怪異だった」

「そんなものはいない」

「ところがいるんだな」

「まあ、いるよね」

なぜかユウキが苦々しい表情をする。

「でもおっさん、この前の怪異事件は本当に特殊な例だから今回は当てはまらないと思うよ」

「そうですね。それにあのときだっていまにして思えばちょっと変だなって思うところはありました。でも今回はまったくと言っていいほど怪異の気配がありません」

「それなら可能性その二だな。ここに現れたのは、怪異じゃなくて両手に刃物を三本ずつ持った殺人鬼だった」

「それはそれで大事件だね」

「怪異ではありませんけど。でも嘘を言っているわけではないですね」

沙耶は葉瑠に向かってにっこり微笑《ほほえ》みかける。突然、感情を向けられてびっくりしたが、少女の微笑みの優しさにむしろ戸惑ってしまった。

「三つ、その娘は嘘を言っている」

「それが正解だ。私は長年、大勢の人間と接してきた。だから嘘を言っている人間と本当のことを言っている人間の区別くらいはつくようになった」

「まあ俺も可能性としては一番高いと思う」

「ではさっさと帰ることだな。ここに怪異などいない」

帰ろうとする宗栄の背中に湊の声がかかる。

「おいおい、俺は嘘を言っていると言ったが、怪異は現れていないとは言ってないぞ」

「は？　いったい何を言っているんだ」

「まったくこれだから頭の固い奴は。怪異は現れた。その娘は嘘を言っている。その両方を成立させる説の一つでも考えようともしないのか。得意満面に嘘を見抜けるなんて、マヌケもいいところだ。大事なのはそこじゃないだろう。どんな嘘をなぜついたのかだろうが」

「ふざけるな。この娘が怪異が現れたという嘘をついた以外に、この状況を説明できるものがあるか」

叫ぶ宗栄の隣で、ユウキは手のひらをこぶしで叩いて、納得した様子だ。

「ああ、そうか。そういう可能性もあるんだね。嘘を言っているけど怪異は出てるってのはたしかに矛盾しない」

「どうだ。俺の有能な手下どもはもう気づいてるぞ」

湊は得意げにふんぞりかえっている。

「誰が手下だよ」

「すみません。私もちょっと、その、ええと、わからない……です」

沙耶は申し訳なさそうに手を上げて、ぼそぼそと喋《しゃべ》る。

「たとえばこういう状況だ。まず怪異が現れた。暴れて部屋の惨状はこんなふうになってしまった」

「だから怪異の気配はないと……」

「しかしそこの娘はすぐに親に報告しなかった」

意外な言葉が宗栄を黙らせる。

「何を言っている。依頼書を見ていないのか。怪異が現れて悲鳴と物音を聞きつけた親が、すぐに二階にかけつけたとあるぞ」

「悲鳴を上げただけだ。物音も自作自演できる。本当に怪異が現れたのは、それより何日も前。怪異が現れたのは昼間。家には娘一人だった。だから誰も気づかなかった。そしてつい先日、依頼書にある日時の時間に娘は悲鳴をあげて暴れて怪異に襲われた演出をした。その娘がついた嘘は怪異が現れたことではない。怪異が現れた日時だ」

「そうか。日数が経てば怪異の気配は消えてしまう。そういうことですね」

宗栄はしばし呆然《ぼうぜん》としていたが、すぐに気持ちを立て直して指を突きつける。

「なぜそんなことをする必要がある。意味がないだろうが！」

「だから少しは頭を使えよ。すぐに親を呼べない状況なんていくらでもあるだろう。たとえばそうだな、男を連れ込んで親にはとうてい見せられないようなことをしていたとかな」

「違います！」

葉瑠は即座に否定した。そして思わず大きな声を出してしまったことに驚き、恥ずかしくなって、すぐにまたうつむいてしまう。

「なんだ、おまえ喋れるじゃないか。もしかしたらよくできた人形かと疑い始めたところだったんだ」

「葉瑠さん、先生の言っていたことは間違いないですか？　あ、ええと、いかがわしいことをしていたとかそっちのほうではなくて、怪異の現れた日時のほうです」

　葉瑠は黙ったまま顔をそむける。

「聞いたってどうせ答えないぞ。それくらいで答えるならとっくに喋ってるだろ。まあともかく、調査を開始しようじゃないか。そうだな……」

　けだるそうに首の骨を鳴らしながら言う。

「まあ夜までには解決しようか」

「夜までだと！」

「明日までかかったら、またここに来るのが面倒だろうが。かといって昼間のうちに解決してしまったら、暑い中帰らないといけない。夜になって多少涼しくなってきたところで解決すれば、帰るのにいいタイミングだ」

「そ、そんな理由で夜までに解決するというのか。噂にたがわずいい加減な男だ」

「僕もそこには同意するね。解決できるならさっさと解決しようよ。おっさん本当はもう真相に気づいてるんじゃないの？」

「昼間に帰りたくないなら、来た道に喫茶店がありましたから、そこで夜まで涼んでいきましょう」

湊は誰にも信用されていない。

――あれ？

それとも湊なら解決できると少年少女は思っているということだろうか。

「ああ、そこの頭の固いおやじは帰っていいぞ。そろそろ部屋が蒸し暑くなってきた。あ、いや俺が出よう。下の階でちょっと年増だがなかなか色っぽい人妻に、お茶菓子でもごちそうになろうか」

「ちょっと先生！」

「おまえはここで調査だ。年頃の娘なんだ。部屋を男に物色されるのは嫌だろう。いやあ残念だな」

湊はユウキの襟首をつかむと、強引に引きずりながら部屋を出て行く。

「なにするんだよ」

「おまえは歳不相応に色気づいてるからダメだ。俺と一緒に色っぽい人妻とお茶をするんだ」

二人を見送りため息をついた沙耶の目が宗栄と合う。

「ふん……」

面白くなさそうに鼻を一つ鳴らし、二人を追うように宗栄も出て行った。

3

「いかがだったでしょうか」

紅茶とケーキを、宗栄と湊とユウキの三人に出すと、静子はおそるおそる聞いてきた。いままで何度も娘を嘘つき呼ばわりされた母親としては、三人の反応は戦々恐々だろう。

「さてね。もっかのところ調査中でなんとも言えん。あんたの娘は嘘つきかもしれないし、いままで調査しに来た連中が無能揃《ぞろ》いなだけかもしれない。まあ五分と五分だな。お、このケーキうまいな。近く？　それなら帰りに買って帰ろう。早く解決しないとな」

「夜まではなかったのか？」

「夕方になれば少しはマシになるだろ」

「きさま、まじめに調査するつもりはあるのか」

隣で宗栄がいらだちを隠さないで湊をにらみつけた。反対側に座っているユウキは、我関せずとばかりにケーキを静かに食べている。

「あんたこそ、なんでまだここにいるんだ？　あんたはインチキだって思った口なんだから、さっさと帰れ。ケーキの分け前が減るだろうが」

そう言いながら宗栄の前に出されたケーキを自分の前に持っていく。そんなことで争うのは大人げないと思ったのか、あるいはまったく気にもとめていないのか、宗栄はケーキには頓着せず淡々と語る。

「きさまが怪異はいると言ったのだ。しかも夜までに解決すると大言まで吐きおった。見届けさせてもらおうではないか。夜までに解決できなかったときの顔が見物《みもの》だな」

湊はこれみよがしにため息をつく。

「はあ、やだやだ。人間こんなふうには成長したくないな。ライバルの失敗を願うなんて、人間としての度量が小さすぎる。おいユウキ、間違ってもこんな大人にはなるなよ。もう手遅れかもしれないけどな」

「大丈夫だよ。僕はその人みたいにもおっさんみたいにもならないから」

静子は内心、この人たちにまかせて大丈夫なのだろうかと思っていたが、そんな気持ちはおくびにも出さなかった。

初めて嘘だと言わず、すぐに帰らなかった人たちなのだ。どんなに怪しげでもいい加減そうでも追い返す選択肢はない。

　気まずい雰囲気に会話も途切れがちだ。

　湊だけがマイペースにお茶のおかわりや世間話をしていた。

　三十分ほどたったところで、沙耶が二階から降りてくる。

「おう、早かったな。ちゃんと調査したのか？」

「よく言うよ。おっさんはここでケーキをごちそうになってただけじゃないか。沙耶おねえちゃん、なにか進展あった？　僕も手伝おうか」

　沙耶は少し疲れた表情で首を左右に振った。

「ううん、大丈夫。壁の傷や荒らされた跡とかをいろいろ調べてみたけど、やっぱり怪異の痕跡はないの」

「へえ、怪異がつけた傷跡には、邪気がけっこう長く残るものなのにね」

「傷跡は、測ってみると大きさが微妙に違っていて、怪異の大きさは一定でないか、もしくは複数いるのかと思われます」

「見りゃわかることだな」

「そうですね。あまり進展はありませんでした。すみません。でも葉瑠さんの話はいろいろ聞けたと思います」

「なんだ、女二人、おしゃべりしてただけか」

「依頼書の資料にもありましたが、葉瑠さんは交通事故に遭ってるんですね。半年ほど前に」

静子はそのときのことを思い出したのか、暗い表情をした。

「はい。学校に遅刻しそうになって、主人が送っていったんです。そのとき自動車同士の事故で……。一ヶ月ほど入院していました」

「遅刻？　ひきこもる前か？」

「え、ええ。娘が部屋に閉じこもるようになったのは、それからなんです」

「車が怖くなったの？」

両親を交通事故で亡くしているユウキは表情が曇《くも》る。

「わかりません。ショックではあったろうと思うのですが、病院ではお見舞いにきてくれた友達と普通にしていましたし……」

「家に帰ってから、何かを怖がるようになったんですか？」

「私もいろいろ考えたんですが、どうしてもこれだという原因が思い当たらないんです。どうして葉瑠があんな急に変わってしまったのか」

話しながら涙ぐんでしまった静子に、場が静まってしまう。それに気づいた静子は、あわてて涙をぬぐって立ち上がった。

「山神さんのお茶を淹《い》れますね」

そこで初めて、沙耶は三人がお茶とケーキを食べていることに気づいた。

「私の前にある空の皿はなんですか？」

「この家の風習だよ」

「違うよ。沙耶おねえちゃんの分のケーキ、おっさんが食べちゃったんだよ」

「すみません、ケーキは四つしかなくて」

「あ、どうぞおかまいなく。こちらこそすみません」

恐縮する静子に、湊が悪いとわかっている沙耶も恐縮してしまう。

「先生、これからどうしますか？　今日中に解決できるって言ったのは、何か考えがあってのことじゃないんですか？」

「おまえなあ。自分がわからないからって丸投げするなよ。それともケーキ食ったこと怒ってるのか？」

「そんなつもりじゃ……」

二階から大きな悲鳴が聞こえたのはそのときだ。言葉にならない叫び声は、葉瑠のものだった。

まっさきに動いたのは母親の静子だ。

「葉瑠っ！」

叫ぶやいなや、あわてて二階へと向かう。途中でテーブルにぶつかりティーカップの中身がこぼれたことにも気づかないほどだ。

続いて沙耶が立ち上がった。さらにユウキも続くが表情は怪訝なものだった。

宗栄はいまだにのんびりと紅茶を飲んでいる湊に目をやる。

「おまえは行かないのか？」

「大人数でおしかけても邪魔になるだけだろ。俺はここでくつろいでるよ」

宗栄は鼻で笑う。

「なんだかんだ言っていたが、結局のところおまえもあの娘の言葉は信じていないのだろう」

「とあんたが言うってことは、今も怪異の気配はしなかったんだな」

「そうだ。ここに霊力、法力を使える者が三人もいたというのに、すぐ真上に怪異が現れて気づかないはずがない」

「三人そろってぼんくらぞろいって可能性もあるぜ」

「ふん、おまえのくだらない挑発に乗るものか」

宗栄は立ち上がると階段へ向かう。

「なんだ、結局あんたも行くのか」

「念のためだ。どうせなにもない」

宗栄は言い捨てると階段を上っていく。

「みんな律儀《りちぎ》だな」

湊だけが、のんびりと一人くつろいでいた。

4

「また現れたの！　化け物がまた現れたの！」

母親の腕に必死にすがりつく葉瑠だが、誰もがとまどった表情を隠せない。みなが顔を見合わせて言いよどんでいる。

「本当に現れたの？」

疑問を投げかけたのはユウキだ。葉瑠はショックを隠せない顔で、集まった面々をすがるような眼差しで見た。

「お願い、信じて。たったいま現れたの」

「どこにだ？　我々はすぐ下にいたが怪異の気配も、物音も、何も感じなかったし聞こえなかったぞ。聞こえたのはおまえの悲鳴だけだ」

宗栄は険しい眼差しでじっと葉瑠を見る。長年の修行と怪異との戦いで磨かれた鋭い視線は、中学生の葉瑠を怯《おび》えさせるには充分だった。

「ちがう、本当に……いたの」

葉瑠の声がだんだん小さくなっていく。

「みなさん、葉瑠のことを信じてやってください」

「染谷さん。では一つ聞くが、あなたはなぜ娘の言うことを信じるのだね」

「嘘をつくような子ではないからです。それは私が一番知っています」

「確かに子供のことを一番知っているのは親かもしれないが、同時に一番見えていないのも親なのだ」

「慧眼《けいがん》だねえ、と言うほどたいしたことを言ってるわけでもないか。ウチの子に限ってなんてのたまうのは、定番中の定番。言うほうも、それをディスるほうも、ありきたりすぎてあくびが出るほど退屈だ。太陽は東から昇るのだぞ、なんて重々しく言ったところで、マヌケなだけだ」

遅れてやってきた湊がそう宗栄を揶揄する。

「で、やっぱり怪異の気配は感じなかったんだな」

沙耶とユウキは、静子と葉瑠に遠慮しながら小さくうなずいた。

「我々はこのすぐ真下にいた。10メートルと離れていない。なのに怪異が現れて気づかないなんてことはありえない」

宗栄は苛立ちを隠さず断言する。

「たいした自信だが、まあそれを信じるとしよう。怪異以外の可能性は？」

「我々御蔭神道の人間は充分に鍛錬をつんでいる。察することができるのは怪異の気配だけではない。人の気配もしかり。二階にいた人の気配はそこにいる娘一人だけだ。すべて虚言。嘘だったのだ」

「ふむ、で、どうしてそんな嘘をつく必要があるんだ」

「なんだと？」

意外な質問だったのか、宗栄の勢いがとまった。

「怪異退治に来た連中は、馬鹿の一つ覚えみたいに怪異の気配は残っていない、痕跡がない、そんな言葉を繰り返していたはずだ。なのにこの状況で怪異が現れただなんて言えば、こいつはますます疑われることになる」

「それもそうですね。いまここで嘘を言う必要はありません」

「ひ、必要か否かは問題ではない。その娘はただ人を騒がせたいだけなのだろう。かまってほしいだけだ。部屋に閉じこもり人との接し方を忘れてしまったに違いない。歪《ゆが》んだ人との対話だ」

「まあ、こんなところに閉じこもっていれば性格の一つもねじ曲がるだろうな」

「おっさんに言われたくないよね」

「先生、それは言いすぎです」

子供二人に責められても湊は軽く肩をすくめるだけだ。

「ま、それと同じく、怪異ばかり相手にしてちゃ、同じ理屈で性格はねじ曲がるってことだ」

「つな、きさま」

いきりたつ宗栄を湊は軽く受け流す。

「誰もあんたのことだなんて言ってないんだが。一つ確かめたいことがある。おい、ユウキ。おまえから見てその子に霊力や法力のたぐいはあるか？」

「どうして？」

「もしかしたらここじゃない別の場所の出来事を見て、怪異を見たと騒いでる可能性もある」

「少なくともそういう力は感じないよ。それにおっさんの言うことが正しかったとして、この部屋の惨状はどう説明するの？」

「部屋が荒れてるのは単純に散らかってるだけってのはどうだ。俺も散らかすのは得意だが、誰かさんが勝手に片付けるせいで、最近よく物がなくなる。もしかしたら怪異の仕業か？」

「そんなわけないでしょ」

どこまでまじめでどこまでふざけているのか、たまにユウキもわからなくなる。

「物がなくなるといえば、そうだ。俺の携帯はどこに行ったかな。さっきから探してるんだが見当たらない」

湊はポケットのあちこちを探っているが、出てくるのはいかがわしそうなチラシや、どう見ても水商売の女性の派手な名刺ばかりだ。

「先生……、もっとマシなものは入ってないんですか」

沙耶は怒る気力もなくうなだれる。

「それよりちょっと電話をかけて俺の携帯を鳴らしてみてくれないか」

「あっはい、待ってください」

沙耶がさっそくスマホで電話をすると、どこからか着信音が聞こえてきた。

「聞こえてきますけど……」

沙耶は音の聞こえる方向を見て戸惑う。

「なんであそこから聞こえてくるんだよ」

ユウキも同じ方向、部屋の反対側にある本棚を見た。

「ああ、そうそう忘れてた。ここに置いたんだった」

湊は本の陰に隠れるようにして立てかけてあった自分のスマホを拾い上げた。

「どうしてそんなところに忘れるんですか」

「そうだな、どうしてだろうな。おっと、ビデオカメラが録画になったままだ。まいったな、部屋の様子が丸映りだぞ」

「おっさん、それ隠し撮り。普通に犯罪だよ」

「それはちょっと倫理的にどうなんでしょう。仮にも年頃の女の子がいる部屋に隠しカメラって……」

「まあいいじゃないか。これで部屋にどんな怪異が現れたか確認することができる。まあいちおう本人の許可を取っておこう」

湊はスマホを葉瑠に見せて問いかける。

「ここに、この一時間ばかりのおまえの部屋の様子が映ってる。見てもいいか？」

「何か見られたくないところがあるなら私だけが見ますので安心してください」

葉瑠は不安そうに視線を泳がせていたが、

「見ても、いいです」

と消えそうな声で答えた。

「ほう……？」

宗栄にとっては意外だったのだろう。怪異が出たという嘘がばれるから拒否するものだとばかり思っていた。

「さてと、じゃあ再生するか」

「待ってください。先に私に内容をチェックさせてください」

警戒する沙耶だが、葉瑠は弱々しくつぶやく。

「ここでじっとうずくまっていただけだから大丈夫」

湊は沙耶の手からひったくるようにスマホを取ると、止めるまもなく再生ボタンを押した。

最初に映ったのは湊が本棚の奥にスマホを設置しているところだった。ちょうど葉瑠が話して注目が集まったタイミングに、すばやく本棚に置いて本で隠している。

「このタイミングでやってたんだ」

「手慣れていて嫌ですね」

子供二人があきれている。

「画像が粗いな」

「録画時間を長くするために解像度を落としてるんだよ。贅沢《ぜいたく》言うな」

それから十分ほどは全員の記憶にある通りの映像が流れる。当たり前だが会話や行動は皆の記憶どおりで、やがて沙耶だけを残して男性三人が部屋を出て行く。湊は部屋を出るときユウキの襟首をつかんでひきずりながら、ちゃっかりスマホのカメラに向かってピースサインを出していた。

「こんなくだらないことしてる暇あったら、もうちょっとまじめに調査してよ」

無様な姿を映像に残されたユウキが文句を言う。

湊に続いて男性全員が出ていくと、沙耶と葉瑠の二人きりになった。二人ともしばらくなにも話さずなにもせず、たがいの様子を見守っていた。

「おまえらもじもじしすぎだろ。思春期のガキか」

「思春期ですよ！」

やがて沙耶のほうから一言二言話しかけた。

『部屋の調査をしてもいいですか？　見て欲しくないところがあったら遠慮なく言ってくださいね』

沙耶の言葉に葉瑠がわずかにうなずいているのがわかる。

それから沙耶は部屋のあちこちを調べ始めた。壁や家具の爪の跡を見て、部屋中を見て回っている。

「おまえ普通にカメラの前をスルーしてるな」

「しかたないじゃないですか。そこは無事な場所だったんですから」

「おっさんは、沙耶おねえちゃんに見つけられたくないから、わざわざ本棚の無事なところに隠したんでしょ？」

それから十分ほど、沙耶が部屋中を調べている映像が続いた。

映像の中の沙耶は天井を見上げていた。

『天井の傷も調べたいので、机にあがっていいですか？』

やはり葉瑠の動作は最小限で、わずかに頭が上下するだけだ。

沙耶は映像の中の自分が机に登ろうとしたところで、あわててスマホを取り上げようとする。

「ああ、そこは何も問題ないので飛ばしてください」

「いままでだってなんの問題もない退屈な場面ばかりだったぞ。見せられるこっちの身にもなってみろ」

湊が渡さずにいると、画面を手で必死に隠そうとした。

「もっと、もっと退屈なんです」

「いいからさっさと手をどけろ」

手が払いのけられると、画面の中で沙耶が机に登り、背伸びをして天井を調べているところだった。

『あの、足下危ないですよ』

ほとんど自分から話さない葉瑠が珍しく自発的に喋っている。それだけ沙耶の足下は危うかった。

『大丈夫ですよ。こう見えても運動神経は……きゃっ！』

見事に足を踏み外した沙耶はそのまま転げ落ちて、頭が豪快にタンスにぶつかった。後頭部を打って、もんどり打って転がっているという珍しい沙耶が見られた。

「ぷっ！」

笑ったのは宗栄だ。

「いや、その災難だったたな」

咳払いをしてごまかしたが、笑われた事実は消えない。沙耶は顔を真っ赤にしてただただうなだれた。

結局なんの成果もないまま、沙耶の調査は終わってしまった。

『いったん報告に行きますので』

沙耶はそう言って部屋を出ていった。

それからしばらく映像に動きはなかった。停止ボタンが押されたのかと疑いたくなるほど、葉瑠は微動だにしない。

動きがあったのは、沙耶がいなくなって数分後だ。

葉瑠は静かに立ち上がると、物音を立てないように忍び足でドアに向かった。慎重に音を立てないようにドアを開けると、顔を出して廊下の様子をうかがっている。

確認して満足したのか、ドアから離れまた忍び足でベッドまで戻る。部屋の隅に陣取ると、それから息を大きく吸い込んだ。そして精一杯悲鳴を上げる。

すぐにかけこんできたのは静子だ。部屋の隅で怯えている様子の葉瑠に寄り添うと、体ごと抱きしめて大丈夫となだめている。

すぐに沙耶とユウキがあとに続いた。二人は部屋を見回している。

『おかしいよ。怪異の気配も現れた様子もない』

やがて遅れてやってきた宗栄が続き、湊がやってきたのはそれから数分あとのことだった。

それから先の映像は全員が知っているとおりにことが運んだ。湊に言われて沙耶がスマホをいじっている途中で録画が切れた。電話の着信で録画機能が切れたのだ。

沙耶とユウキは無言のままだ。

「なんというか嘘の付き方が下手くそな娘だな」

湊のつぶやきに宗栄は大仰なほど深くうなずいた。

「ようやく得心したか。そうだ。その娘は嘘を言っている。怪異などいない。その映像を見ればあきらかだ」

「ああ、やっと確信できたよ」

湊は葉瑠を見て言う。

「怪異は現れた」

誰もがぽかーんとしていた。葉瑠さえも目を見開いて、まじまじと湊を見ている。

「馬鹿な！」

叫んだのは宗栄だ。

「いまの下手な芝居を見て、なぜまだ怪異が現れたなどと言う？　あとに引けなくなったのだろうが、これ以上意地を張り続けても恥の上塗りになるだけだぞ。ここでおとなしく引き下がれば、私も責めはしまい。しかしこれ以上、怪異はいると言うのなら……」

「ああ、そんなご託《たく》は時間の無駄だからあとまわしにしてくれ。俺はこれから前代未聞の存在しない怪異がいることについて説明しなくちゃならないんだ」

「存在しない怪異がいる？」

矛盾した言葉に全員の声が綺麗に揃った。

5

湊は説明するために準備があるからと一階に降りていった。ユウキは沙耶の服の袖を引っ張って廊下に出て、下の様子をうかがいながら問いかけた。

「おっさんの言うこと、どう思う？」

「存在しない怪異が存在するって意味よね」

沙耶も同じように下の様子をうかがいながら答える。

「なんだか頭がこんがらがりそうだよ」

「私が思うに、あれは先生の優しさだと思う」

ユウキの表情がこれ以上ないほど微妙なものになった。

「それこそ存在しないものじゃないかな」

「こうは思いたくないんだけど、葉瑠さんが見たという怪異はいないんだと思う」

「やっぱり嘘ってこと？」

沙耶は気づかう眼差しで、葉瑠の部屋のドアを見た。

「嘘をついてるつもりはないと思う。きっと孤独で、それが怖くなってありもしないものを心の中で生み出してしまったとか」

「うーん……。でもそれだとおっさんの盗撮ビデオと矛盾しない？　あれはどう見ても意図的にやってたよね。心が病んでしまって見えないものが見えるようになってしまったっていうのとはちょっと違うと思う」

「それはそうだけど……」

沙耶がどんなに頭を悩ませても、葉瑠の行動を正当化できる理由は思い浮かばなかった。

「でもこれ以上面倒なことにならないように適当な落しどころをつけるのかもね。だけど……」

ユウキは自信なさそうに首をかしげた。

「一瞬だけ、ほんの一瞬だけ怪異の気配を感じたんだ」

「え、ホントに？」

沙耶はそんなものはまったく感じなかった。宗栄の様子からしても同じだろう。

「悲鳴が聞こえるほんの少し前。でもすぐに消えた。ホントにホントに一瞬なんだ。気のせいじゃないかって思えるくらいすぐに。気配っていうか、ゆらめきみたいな。べつにそういうのは初めてじゃないから気にもとめなかったんだけど」

きわめて小さな無害な怪異ならどこにでもいる。一瞬だけ何かを感じ取ることはあるだろう。沙耶にもそのような経験はあった。しかし悲鳴が起こるタイミングでそれが起こったというのは気になった。

「偶然？」

「かもしれないし違うかもしれない」

曖昧な言葉はユウキには珍しい。

「ともかく話を聞いてみましょう。存在しない怪異がいるというのがどういうことなのか」

そのとき、ちょうど下の階から湊が二人を呼ぶ声がした。


沙耶とユウキはドアを開けて居間に入ったとたん、まったく同じ反応をする。二人とも鼻をひくつかせて、しきりに周囲の匂いをかいでいた。

「これなんの匂いですか？」

「さっきまでこんな匂いしなかったよね」

一階の廊下で待っていた宗栄はすでに椅子に座っていた。

「私が来たときにはもうこの匂いはしていた」

湊はテレビの前に陣取ってＤＶＤディスクをチェックしていた。

「さてとどれがいいかな。おっ、これが最初っぽいな。まずはこれからにしよう」

そんな独り言が聞こえてくる。

「ねえ、なにが始まるの？」

ユウキがしびれを切らして尋ねると、意地の悪い笑顔が返ってきた。沙耶もユウキも嫌な予感しかしない。こういうときの湊がろくなことを考えていないことは、経験から学習している。

「これからちょっと長い映像を見てもらう。トイレに行きたい奴はいまのうちに行っておけ。途中退出は不可だ」

「片時も目を離すなってことですね」

それだけ大事な映像を見せるのだろうか。しかしこの状況で見せる大事な映像とはなにがあるのだろう。なにより先ほど湊がディスクを選んでいた様子は鼻歌をうたいながらで、大事という感じがしない。

画面が切り替わり、ディスクが映る前に、静子が小さな声でつぶやいた。

「参考になるからと言われたんですが。人様に見せるとなると、少し……恥ずかしいですね」

最初に映ったのは赤ん坊の顔のアップだった。徐々にカメラが引いていき、全体が映し出されると赤ん坊を抱いている母親の姿もあった。顔は静子に似ている。

「もしかして葉瑠さんの赤ちゃんの時、だっこしているのは静子さんですか？」

「はい、そうです」

映像には、もっとこっち見てくれという男の声も入っている。

「撮影しているのは旦那様ですか」

「ええ」

疑問は残る。これのどこに重要な手がかりがあるのかと。しかし幸せそうな親子の映像は、場の雰囲気を和ませた。

しかし編集は適当にしかしていない、素人が撮ったビデオカメラの映像だ。間延びしていて意味のないシーンや似たようなシーンも多い。十分も見ていれば誰もがもう充分という内容だった。

それでもおよそ三十分。葉瑠の赤子の頃から五歳くらいまで成長する過程を、みなは辛抱強く見ていた。

「おっさん、さすがに飽きた。この映像にどんな意味があるの？」

「いいから黙って見てろ」

最初に音を上げたのはユウキだ。意外なことに宗栄は腕を組んだままじっと映像を見ている。

三人の中で一番映像を楽しんでいたのは沙耶だ。子供の成長に一喜一憂している。とはいっても一時間を過ぎたころからは無理をしている感があった。

およそ一時間半、途中で何度もユウキは音を上げたがそのたびに湊に黙って見ていろと言われ、さすがに沙耶もどういう意味があるのか一度尋ねたが無視された。

「宗栄さんって辛抱強いね。それともあんがい子供が好きなの？」

「退屈だ。しかしここまで付き合ったのなら、もう腹をくくるしかないだろう」

映像が終わっても湊は部屋の片隅で腕を組んだまま動かなかった。

「おっさん、終わったよ」

ややうつむき気味の頭が船をこぐように揺れている。

「まさか……先生」

「寝てるっ！」

ユウキはすぐさま駆け寄ると座っている椅子を蹴飛ばした。湊の体は椅子ごと床に倒れてしまう。

「ん、なんだ終わったのか？」

大きなあくびをしていたが、テレビの画面と時計を見て驚く。

「おまえらすごいな。最後までちゃんと見たのか。俺は最初の一分でももうダメだったぞ。おまえが話しかけなかったら、速攻で寝てたわ」

少し離れた場所で静子は申し訳なさそうにうなだれていた。

「寝るな。っていうかこれ見てなんの意味があるって言うんだよ」

「私も早く聞きたい。まさか無為《むい》に一時間以上すごさせたわけではないだろうな」

宗栄も立ち上がると、怒りを抑えた顔で湊の前に立つ。

「ん、意味？　このビデオにそんなものないぞ」

「ふ、ふ、ふざけるな！」

耳をつんざくような怒鳴り声に、全員が思わず耳をふさいだ。

「せ、先生。ちゃんと事情を説明してください」

耳鳴りがやまなくて、沙耶はいまだにふらふらしている。

「俺がやりたかったのは、おまえらを長時間この部屋にいさせることだ」

最初から耳をふさいでいた湊が一番被害が少なかった。

「ビデオはその暇つぶしだ。本当の目的は別にある」

宗栄は上を見上げ、得心のいった表情をする。

「そうか、またあの娘の部屋にビデオをしかけたのだな。こうして一階に我らがいれば、また同じように怪異が現れたと騒ぎ出す。そう考えたのだろう」

腕を組み鼻を鳴らす。

「しかしそれなら最初からそう言えばいい。もっと有意義な時間のつぶし方があったはずだ。まあいい。しかし当てが外れたな。娘はずっと静かにしている。そうそう何度もすぐばれる嘘で騒ぎ立てるとも思えん」

「なにを言っているんだ。勝手に納得して勝手に非難しないでくれないか。いつ誰がそんな姑息《こそく》なことをやっていると言ったんだ」

「さっきやったじゃないか」

ユウキはぼそりとつぶやくが、湊は無視した。

「この部屋に入ってきたとき、なにか匂わなかったか？」

「あ、はい。ちょっと匂いました。強い芳香剤のような。何かの香料ですか？」

「うん、ちょっときつい匂いがしたね。あれなに？」

「初めて人の家に入ると、その家の独特の臭いがする。生活臭ってやつだ。この家で使っている芳香剤と除菌スプレーをちょっと多めに使った」

なんの匂いかわかったが、そんなことをする意味がわからない。

「それでいまはどうだ？　匂いはするか？」

沙耶とユウキは素直に部屋の匂いをかぎ、憮然としていた宗栄もまたしかたなくそれに倣った。

「もうあまり気にならないね」

「換気して匂いが薄れたんでしょうか」

「いいかげん納得のいく説明をしないと、本当に切れるぞ」

三者三様の反応に湊は満足そうに頷く。

「匂いは変わってないぞ」

三人の怪訝な顔には二種類の意味があった。

一つは強い芳香剤のような匂いが変わっていないということ。

そしてもう一つは、それが怪異事件となんの関係があるというのかということだ。

「人間は環境に慣れる。とくに嗅覚《きゅうかく》はとても敏感な感覚器官だが、ずっと同じ匂いをかぎ続けると、その匂いにたいして反応しなくなる。嗅覚だけじゃない。味覚に視覚に聴覚、触覚。いずれも同じ環境下では反応が鈍くなる。光の明暗や服の感触、味の濃い薄い、ずっと聴覚が慣れなかったら街の騒音が気になってしかたない。五感が敏感なままだったら満員電車になんて乗れない。そうした継続する環境下の刺激、つまりストレスだな。そういったものにいずれ感覚器官は反応しなくなる。これを順《じゅん》応《のう》という。五感で慣れにくいのは痛覚くらいだな。こればかりは命に関わるから簡単に慣れちゃ困る」

「順応、ですか」

「ときに体のつくりも変わることがある。たとえば山なんかの高所で長く生活していると赤血球が増える。アスリートがそれを取り入れて高所でトレーニングするだろ。寒い地方では脂肪が増えやすく体が大きくなる。体温維持のためだな。ロシアあたりの女性を見てみろ。若い頃は抱きつきたくなるほど美人でも……」

「おっさん、話が横道にそれてるよ」

黙って聞いていた宗栄が静かに語り出す。

「つまりこの部屋の匂いを感じなくなったのは嗅覚が順応したからと言いたいのか。……おい、まさか、我々が怪異の気配を感じないのも、体が慣れて順応したからとでも言うつもりか」

「そう、その通り」

我が意を得たりとばかりに湊は指を鳴らした。

「ふざけるなっ！」

宗栄の怒声が再び染谷家に響き渡った。

「長々ときさまのくだらない戯言に付き合ってきたが、もう我慢の限界だ。怪異の気配に慣れたから、感じることができないだと？　馬鹿も休み休み言え」

「いや、いたって大まじめなんだが」

いきり立つ宗栄を押しとどめながら、沙耶も反論する。

「せ、先生。私もさすがにその説は無理があると思います。確かに先生の言うとおり、長い間怪異の気配にさらされていたら、いずれそれに対する感覚は鈍くなるかもしれません。でも私たちはこの家に来たばかりですよ」

「そうだよ。居間に入ったとき、匂いがしたのはわかったよ。だからって怪異の感覚に慣れるなんてないよ。おっさんもさっき言ったじゃない。命に関わる痛覚は慣れないって」

「慣れにくい、だ。慣れないわけじゃない。鈍い痛みなら人はいずれ慣れて忘れる」

湊の態度は変わらない。これだけ反論されてなお順応と言い切る何かをもっているのだろうか。

一年近く付き合ってきたユウキと沙耶は、湊はまだ何か決定的なことを言っていないのだと察した。

しかし宗栄は違う。今日初めて湊と話し、接し、振り回された。怒りこそあれ、湊の態度の裏にまだ何かあるとわかるはずもない。

沙耶をふりはらい湊に詰め寄ると、胸ぐらをつかんでにらみつけた。

「もううんざりだ。帰らせてもらうぞ」

湊を突き飛ばし、足音を響かせながら居間を出て行こうとする。

「一つだけ、違和感を感じない怪異がいる可能性がある」

宗栄は一度足を止めたが、振り返りもせずに言う。

「もうきさまの口車にはのらん」

「なぜこの部屋に入ってきたとき、匂いの変化に気づいた？　簡単だ。それまでの匂いと違ったからだ。いずれ慣れる五感の刺激も、最初だけはどうしても気づく。違和感を覚える」

宗栄は足を止めて、わずかに首を回して睨むように湊を見た。

「どんな人間でも一つだけ、ずっと慣れ親しんで順応しているものがある。そんなものがあることすら気づかない。しかし絶対に存在し、他者にはわかるものだ。それはいったいなんだと思う？」

「知るか」

「自分の体臭だよ。生まれた瞬間からずっとかぎ続けている。故に自分の体臭には気づかない。順応してしまって嗅覚器官は化学反応を起こさないんだ。さてこれでもう正解の半分を言ったも同然だ」

「自分の体臭ですか」

沙耶は自分の体の臭いをかいで首をかしげる。

「ユウキ君、私の体臭ってする？　どんな感じ？」

「え、あ、ええと、どうなんだろうね。僕にはちょっと……」

ユウキは顔を真っ赤にしてしどろもどろになり明後日の方向を向いた。

「え、もしかして言えないくらいひどい臭いなの？　今日暑かったし、汗臭い？」

「だからわからないって……」

不安そうに体を近づける沙耶に遠ざかるユウキ。その様子を一歩離れたところから見ている湊は、わざとらしく深々とため息をついた。

「おい、そこの小娘。純情な少年の心をもてあそぶな」

「人聞きの悪いことを言わないでください」

「さっさと続きを聞かせろ。そこの子供二人、くだらないことで話の腰を折るな」

すみませんと反省する二人に、湊は少しだけ感激した顔をした。

「なんだかんだで俺の話を一番まともに聞いてくれてるのあんただけだな。いかつい顔に似合わずいい人じゃないか」

「くだらん世辞はいい。さっさと話せ」

「もうほとんど答えは言ってるんだけどな。ヒントはなぜ自分の体臭はわからないかだ」

「自分で言ったじゃないか。生まれてからずっとかいでるから感じないんだって……」

ユウキの何気ない言葉に、沙耶も宗栄も何かに気づき目を見開いた。話していたユウキも気づいたのか、驚いた表情に変わっていく。

「おっさん、まさかこう言いたいの？　僕たちの周りにはずっと怪異がいるって」

全員が固唾《かたず》を呑《の》んで湊を見守る。

「そうだ。生まれた瞬間からずっと感じている怪異の気配があるんだよ」

6

「馬鹿な！」

まっさきに否定したのは宗栄だ。玄関に向かっていた体はいつのまにか湊の目の前にあった。

「空気のようにつねに周りにある怪異の気配。どんなときも片時も離れずにいる。そんな怪異の気配。これならこの部屋の趣味の悪い芳香剤のように気づくこともない。なぜなら変化がないからだ。常に一定。常に感じている。まさしく空気のように」

湊は驚いているユウキに向かって問う。

「さて総本山の天才少年君、この条件下でもおまえは怪異の気配に気づけるか？」

ユウキはしばらく返事をしなかった。難しい顔でじっと床を見つめていたが、

「気づけない、かも。存在するのが普通なら、空気のようにあるなら、気づけない可能性はあるよ」

「私もユウキ君に同意見です。もし先生がおっしゃるような怪異、というか怪異の気配があるとしたら、気づくのは難しいと思います。でも先生、本当にそんなものが存在するんですか。だっていままで誰も気づいてないんですよ。それってつまり本当に空気のように自然に世界中に蔓延《まんえん》してるってことですよね。そんなことありえるんでしょうか」

「そうだな。空気の怪異、略して空怪《くうかい》とでも呼ぼうか」

「なんだか気の引ける略称ですね」

空海《くうかい》にひっかけているのはどうせわざとだろうから、沙耶もあえて違う名前にしたいとは言わない。

「空怪を証明するのは難しい。空気に触れたことのない人間が存在しないように、空怪の気配を感じ取ったことのない人間がいなければ、なおかつ高い霊能力を持っていなければ、空怪を証明できないだろう」

「全部戯言だ。そんなものがいるはずがない」

「いない証拠もないだろう」

「悪魔の証明問題だな。おまえに付き合うつもりはない」

「おいおい神道の神官なんだから、西洋かぶれの言葉を使うなよ。まあ確かにこのまじゃ堂々巡りだ。ただの憶測で納得できるやつも少ないだろう。というか納得するほうがおかしい」

　宗栄は馬鹿にしたように鼻を鳴らすが、もう帰るとは言わなくなった。すでに湊の話術にはまっている。そのような姿を沙耶もユウキも何人も見てきたし、自分たちも何回も体験してきた。

「だから別の視点から空怪の存在を考えてみようじゃないか」

　湊はじらすようにゆっくりと歩き、椅子に座った。誰もがつられるように同じように椅子に座った。同調行動と呼ばれる心理現象だ。人は無意識に調和を保つ行動に出やすい。

　一度、腰を下ろしたことにより、話を聞くという空気ができあがる。一度下ろした腰はなかなかあがらないものだ。

「前々から不思議に思っていたんだが、あんたらがよく使う、清浄な空気ってなんだ？」

唐突に話題の矛先が変わった。

「御薩神道や総本山だけじゃない。普通に誰もが使う、浄化された空間とか、神聖な気配って言葉があるだろう。怪異をいっさい寄せ付けない清浄な空間だ。境内《けいだい》の中や、祀《まつ》られた結界の中とかな。前々から疑問に思っていたんだが、いったい何が浄化されているんだ？　ただ怪異がいないってだけじゃないだろう？」

「それは、ええと……」

ユウキが答えようとして首をかしげてしまう。

「なんだろう。たしかに怪異がいないってだけじゃなくて、空間全体が清浄っていうのかな……。体が軽くなるとか気分が良くなるとかそんな感じ？」

「俺がそんな曖昧な答えを求めていると思うか」

「それは空気が綺麗なところ、でしょうか。空間そのものが清潔なことも大事だと思います。怪異がいないのはもちろんですけど」

「だったらいまこの家は清浄な空気なのか？　怪異の有無で清浄な空気になるなら、そこらじゅう清浄な空間だらけだろ」

そこまで話して、急に自信なさそうに話す。

「怪異はそこらじゅうにいないよな？」

「場所にもよりますけど、確かにそこらじゅうってほどではないと思います」

「そうだね。言われてみれば清浄な空気ってなにが清浄なんだろう？」

「神仏の加護があるところだろう」

宗栄はなにを当然のことを聞いていると、迷いのない答えを出す。

「じゃあ聞くが、滝なんかが流れているところも清浄な空間と言うが、あれも神仏の加護か」

「しかり」

「深い森の奥もか」

「しかり」

「富士山の頂上もか」

「しかり。なにを当たり前なことを聞く。よもや神仏の加護に疑問を挟むのではあるまいな」

「挟みたいが、このさいいいだろう。俺の考えと相反するわけじゃない。大事なのはこれからだ。なぜ清浄な空気という？　神仏の気配を感じると言えばいい」

「むっ……。それはただの言葉遊びだ」

「いいや違うね。人の感覚ってのはけっこう当てになるもんだ。物事の本質を理屈抜きで見抜くことがある。清浄な空気、つまり綺麗ってことだ。綺麗ってことは、汚れていたものを取り去った、もしくは綺麗なものを新しく作り上げたってことだ」

　沙耶がおそるおそる手を挙げる。

「先生は清浄な空間、というのは、私たちが普通に感じる怪異だけでなく、空怪という怪異がいない状況だと言いたいのでしょうか？」

「そうだ。清浄な空間や聖域、そういわれる場所と、ただ怪異がいないだけの普通の空間の違いは、空怪がいるかいないかだと考えるとしっくりくる」

「でもそれなら僕たちの退魔の力で、空怪は消えるんじゃないの？」

「空気を消すのに掃除機でできるか？　それこそ人にはできない領分、神仏の領域なのかもな」

　宗栄はうなるように話す。

「しかしそれならば、聖域から出れば怪異の気配を感じ取るのではないか」

　話に乗ってきた。湊の説を否定するために思案する輪に入ってくる。

「それこそ体に慣れ親しんでるんだ。風呂に入ったからといって、自分の体臭がわかるか？　生活に密接しすぎている。また空怪に触れても、空気が汚くなった程度にしか感じない。一度慣れて順応すると、感覚器官が反応しなくなるのは早い」

「むう」

宗栄は一度うなったきり、黙り込んでしまった。

沙耶とユウキも湊の説を吟味《ぎんみ》するので精一杯だ。

「どうやら反論はないようだな。空怪は日常的にいる可能性が高いと俺は睨んでいる」

「待て、待て待て。肝心なことを忘れていたぞ」

それでも宗栄は食い下がった。

「あやうくきさまの話術にはまるところだった。しかしその仮説には決定的な欠点がある」

「なんだ、あら探しばかりする男はモテないぞ」

「だれがそんな話をしているか。いいか、よしんば我々がその空怪とやらを察知できなかったとしよう。しかしそれならば、なぜ二階にいる娘は、染谷葉瑠は空怪の姿を見ることができるのだ？」

ユウキは手をぽんと叩いて同意する。

「そうだね。僕もなにか引っかかってたんだ。おっさんの説じゃ僕たちが怪異の気配を察知できない理由にはなっても、葉瑠さんが怪異を見た説明にはならないよ」

「そうだ。おまえの言うとおりなら、あの娘にも見えないはずだろう」

どうだとばかりに前のめりになった。

「なんだ、そんなことか」

しかし湊の答えはあっさりしたものだった。

「染谷葉瑠は事故に遭った。それが理由だ」

宗栄は沙耶とユウキの様子をうかがって、意味がわかっていないのは自分だけでないことを確認した。

「ちょっと意味がわかりません」

「説明はしょりすぎ」

湊は自分の頭を叩きながら説明する。

「脳に衝撃を受けて、それまで使われたことのない感覚器官、霊感が開花したんだ。いままで使ったことがないから、空怪には順応していない。そのため葉瑠は空怪を感じることができる希有《けう》な例となった」

「は、はっ！　なんだその都合のいい解釈は。そんな説明で納得できると思ったか」

宗栄はさも馬鹿にした口調だったが、湊の自信は揺るがない。

「別に都合良く解釈したわけじゃない。脳に強い衝撃を受けて見えるものが変わることはある。ジェイソン・パジェットは強盗に頭を殴られて、数学の才能を開花させた。

視界が変わり、物の見え方が変わったという。ほかにも脳に衝撃を受けて、物の見方が変わった人間は大勢いる。天才になった例もいくつもある。芸術に目覚めたものもいる。中には一度止まった身長が再び伸び出した例すらある。脳ってのは精密な電子回路だ。衝撃で壊れるのも簡単だが、変なスイッチがつながることもある」

湊はあらためてそれを口にする。

「染谷葉瑠は交通事故で衝撃を受けて、霊感を開花させてしまったんだ」

無言の時間が続いた。誰もが湊の言葉を計りかね、押し黙ってしまった。

「あの、お茶を入れますね。みなさんどうか一休みしてください」

静子はキッチンに立つと、慣れた手つきでティーポットから紅茶を淹れて、全員に配った。

「ありがとうございます」

沙耶は恐縮しながら受け取り、

「いい匂いだね」

ユウキは子供らしく笑ってみせる。

「確かに説明がついているように見える。しかしだ」

宗栄はティーカップを握ったまま、一言一言手探りをするように話す。

「空気のような怪異だと？　ならばなぜあの娘の部屋をあんな惨状にしている。たとえ怪異の気配に慣れて感じなくなったとしても、姿形が目の前にあればわかる。それにきさまの説を正しいとするならば、それはまさしく空気のような存在だろう。凶悪な爪で部屋を破壊し暴れるような存在ではないはずだ」

湊も反論を持ち合わせていないのか、しばらく黙りこくってしまう。それみたことかと宗栄はさらにまくし立てた。

「空気のような存在ならばたいしたことはできまい。いてもいなくても一緒だ。さももっともらしい言葉を並べて賢そうに振る舞ってはいるが、しょせんは零能者。霊力をもたない人間の浅知恵よ」

「空気はなくなれば困るけどね」

ユウキのつぶやきは無視された。

「空気の怪異と言ったが、正確には怪異のもとのようなものだと思っている。そうだな、原初の地球、様々な命を生み出した有機物のスープと言われた海に近いものじゃないかと思っている」

ずっと黙っていた沙耶だったが、その考え方は不思議と納得ができた。空気のような怪異が世界中に蔓延《まんえん》していると考えるより、怪異未満の何かが漂っていると考えたほうが納得がいく。

「人の想いが怪異を生み出すときもある。波長があってしまえば、空気の怪異、いやそのもとと言うべきか。怪異は生まれようとする。信仰や憎悪など強い人の感情から怪異が生まれてしまうことがあるのは知っているだろう」

そのようなケースをユウキや沙耶は何度も体験している。二人より長く生きている宗栄なら、なおさら実感するだろう。

「人の想いが作る怪異のもととなるのが、きさまの言う空気の怪異というわけか」

「人だけとは限らないがな。動物にだって植物にだって、感情はある。空怪は生き物の心に同調して怪異の形を作る。しかし想いを維持できないように、怪異の維持も難しい。一瞬だけ気配を感じたことくらいあるんじゃないか？　あれは生まれようとしていたところなんだ。しかし結局は実を結ばず、怪異は消えてしまう。信仰から怪異や神が生まれることはあるが、しょせん娘一人の思い。消えてしまうのも早い。いやこの場合は拒絶か。葉瑠は凶暴な怪異の姿を見て、拒絶し消えてしまった」

「部屋に残る爪痕もそうだというのか？　大きさの違うあれこそ人為的な証ではない

のか」

「もう一つ可能性があるぞ。爪はすべて別々の個体がつけたんだ。それなら爪の大きさが違っていても不思議じゃないだろう。生まれては消えを繰り返し、あのような惨状になった」

憶測に憶測を重ねている。しかしなぜか湊の言葉には真実味があった。それは湊のことをよく知る二人にも一緒だった。だが、いつもと何かが違うとも感じていた。

「じゃあ、きさまが隠し撮りした、あの映像の中での娘の行動はなんだ？　あれこそ嘘である証拠ではないか」

湊がどれだけ仮説を重ねても、葉瑠のあの行動はすべてを突き崩してしまう。だからこそ宗栄も湊の仮説が完成するこのタイミングでその事実を突きつけた。湊の話術に流されていたばかりではない。

「そうだな。ああやって行動すれば、俺たちはインチキだと思う。それが狙いだったとしたら？」

「なんだと？」

「嘘だと思わせたかった。それこそが、あの娘のついた嘘。怪異はいないという嘘をついたんだ」

「いったいなんのためにそんな嘘をつく必要がある」

湊はそれには答えず、居間の掛け時計を見る。

「もう七時か。ずいぶん遅くなってしまったな」

「おっさんがビデオを延々と見せるからだよ。順応の説明のためなら、そんなことしなくてもよかったんじゃないの」

「でもほら、匂いを体感したことで私たち納得しやすかったし」

沙耶は湊をフォローするが、ユウキはやはり納得のいかない表情だ。

「今日は旦那さんは何時頃、帰ってくるんだ？　帰ってきていきなり大勢いては驚くだろう」

「え、ええ、そうですね。もうそろそろ帰ってくる時間ですが……」

「携帯電話を持ってるなら、事前に連絡したほうが親切なんじゃないか？」

沙耶とユウキは意外な顔をする。湊らしからぬ気遣いのしかただ。宗栄まで驚いているのは、すでに湊の性格を把握してしまったからだろう。

「ほら早く。驚かせちゃ悪い」

「そ、そうですね」

静子は家の電話を手に取る。しかしプッシュホンを押そうとする指が空中をさまよった。

「どうした？　番号を忘れたのか？」

「い、いえ、覚えてます。大丈夫です」

静子はゆっくりと電話番号を押していく。

そのためらいがちな行動はあまりにも奇妙で、一同はじっとその様子を見守っていた。

やがて番号を押し終わった静子は首をかしげて、もう一度電話をかけた。

「どうかしたんですか？」

「あの、電話がかからなくて……」

「電源が切れているか電波の届かないところにいるのでは？」

沙耶の言葉に静子は首を振る。

「いえ、そうじゃなくて。この番号は使われていませんと言われてしまうんです」

「じゃあ番号を間違ったんだよ」

「登録してある短縮ダイヤルを使ってもかからなくて……」

静子は不安そうにしている。

「そうだろうな。かかりっこない」

「どういうことですか？」

静子の問いに湊は神妙な顔で答える。

「言ってもいいのか？」

迷った末、静子は小さくうなずいた。

「そうか。無意識にでも、ある程度心の準備はできているんだな」

湊の言葉が不穏だ。静子は胸元で拳を握り、再度しっかりとうなずいた。

「言って、ください」

「あんたの旦那さんはもう死んでいる。半年前の事故でね」

静子の目をまっすぐに見て、湊は静かに言った。


「半年前の事故だ。同じ車に乗っていた娘は一命をとりとめたが、運転していた夫は死んでしまった」

静子は震える唇をやっとの思いで開き反論する。

「な、なにを言ってるんですか。今日も私はあの人が会社に行くのを見送ったんですよ」

「じゃあなぜ電話がつながらない？　なぜ解約されているんだ？」

「それは、ええと……」

　理由を探そうにも思い当たる節はどこにもなかった。

「半年前の事故で心を閉ざしたのは葉瑠だけではない。あんたも心を閉ざしてしまった。現実を受け入れなかったんだ」

「あの人は生きています。毎日、この居間で一緒に朝ご飯を食べて、晩ご飯だっていつも一緒に食べてたんです」

「残さず食べてくれるか？」

「もちろんです」

「俺は鼻がよくてね。どうも家にこもる臭いが気になって仕方がなかった。夏だからっていっても、ちゃんと家を綺麗にしている人間にしてはちょっとおかしい」

　湊は突然、話の矛先を変える。

「な。なにを言い出すんですか？」

　湊は立ち上がるとキッチンに向かい、そこにおいてあったゴミ箱を拾って蓋を開けた。

「じゃあ、ここに残っている残飯は誰が残したんだ？」

　静子はゴミ箱の底にある残飯から目を離せなかった。

「それは、ええと……」

「あんたが残したのか？　それとも娘の葉瑠か？　まったく手つかずの状態に見えるんだが」

「あ、ああ……」

静子は頭を抱えてその場にうずくまってしまう。沙耶は急いでかけよると、優しく語りかけながら、そっと抱きしめた。

なぜ湊がビデオ映像で無為に時間を過ごしたのか。その理由に誰もが思い当たる。一般的なサラリーマンの帰宅時間にあわせ、静子に気づかせるためだった。

「そういうことか。そこまで考えていたのか」

宗栄は初めて感心した様子で湊を見た。

「さて、ここで一つ疑問が出てくる。もしこの家の旦那、葉瑠の父親が死んでいるなら、葉瑠は最初に何を生み出してしまうだろう？　事故のあと誰のことを一番強く思うだろうな？」

「おっさん、もう少し言い方ってものが……」

「いいや、こればかりは早めに解決しておきたい」

「葉瑠が空怪と同調して最初に生み出してしまったのは、驚き悲鳴を上げてしまうような恐ろしい化け物ではない、ということか？」

「まさか葉瑠さんの父親、ですか……？」

「そうだ」

静子の体が怯えるように震えた。

「もちろん本物の父親じゃない。父親の形をした怪異だ。その正体に葉瑠は薄々気づいていた。自分を学校に送っていったせいで死んだ父親。最初は喜んだかもしれない。しかし、それも最初だけだ。やがて父親の姿をした怪異に恐怖するようになった。その恐怖心が次の怪異、化け物と呼ぶにふさわしいものを生み出してしまい、あの部屋の惨状を作った。しかし本当の不幸は他にある。父親の姿をした怪異を母親が見てしまったことだ」

「ち、違う。あの人は……」

静子はそれでも抵抗を続けた。

「たぶん見たのは数えるほどだろう。部屋を荒らした怪異と同様、長く維持できたとは思えない。ただその数回が不幸を招いた。母親に夫は生きていると思わせてしまった」

湊は上を見上げて、語り続ける。

「母親はたとえ父親の姿をした怪異が出ていなくても、そこにいるように振る舞うようになった。葉瑠は葛藤した。怪異が退治されてしまえば、母親はもう父に会えない。なぜあんなわざとらしい疑われる方法を選んだと思う？　怪異はいるという俺たちには帰ってほしかったんだ。母親の喜んでいる姿を見て、ニセ者でも怪異でも父親を消すことはできなかった」

湊は静子の前にしゃがんで、

「ただそのせいで葉瑠は外に出られなくなった。現状維持のために、あの恐怖の部屋でずっと耐えていたんだ」

湊は静子の前にしゃがむと、諭すように語りかける。

「なあ、そろそろ現実を見るときがきたんじゃないのか？」

静子はおそるおそる顔をあげて、泣き崩れた顔を見せた。

「葉瑠は、あの子は一生恐ろしい怪異を見続けることになるんですか？」

「そんなことはないと言ってやりたいが、なんともいえない。まずは脳の精密検査をする。異常があれば治療する。それでも怪異が出るなら」

湊は肩をすくめて、おどけた口調で言う。

「清浄な場所に住めばいい。空気の怪異もなにもない。心穏やかに過ごせる場所だ。

俺なら退屈で死んでしまいそうな場所だがね」

エピローグ

『そう、湊君はひさしぶりに仕事してくれたのね』

電話の向こうで心底ほっとしている気配を感じ取り、沙耶はくすりと笑った。

「はい、最初はつまらない事件だからとか外に出るのは暑いからとか言って、ほっぽり出されるかもと思ってひやひやしたんですけど、事務所のクーラーが故障していたのが幸いでした。さすがの先生もあの蒸し風呂のような事務所にはいたくなかったみたいです」

『え、もうクーラー壊れちゃったの？』

「もうって、事務所のクーラーはゴミ捨て場から持ってきた中古品ですよ。いつ壊れてもおかしくない状態でした」

『この前やっとオーナーの高田《たかだ》さんが直してくれたって聞いたんだけど、勘違いかしら。高田さんケチだものね』

「でも理彩姉さまさすがです」

『え、何が？』

「先生が興味を持ちそうな依頼書を持ってきたのは理彩姉さまですよね」

『ええと、どんな依頼だったかしら？』

「もう、しっかりしてください。ひきこもりの少女が怪異を見たって依頼ですよ」

沙耶は今回のあらましをざっと話す。

「理彩姉さまもあの依頼には何かあると感づいてたんですね」

『……え、ええまあそうね』

どことなく理彩子の言葉の歯切れが悪い。

「あの、理彩子姉さま？」

沙耶が重ねて質問しようとすると、人に呼ばれたと理彩子は急ぐように電話を切ってしまった。

事務所で見た依頼書は御薩神道のものだったはずだ。

「どうしたの？」

ソファで寝転がって漫画を読んでいたユウキは、沙耶の様子がおかしいことに気づき尋ねてくる。

「ねえユウキ君、今回の依頼書って御薩神道の書類だったわよね？　中には総本山のものもあったっけ？」

「ええと、どうだったっけ。大事なこと？」

「大事かどうかわからないけど、ちょっと気になって……」

「ちょっと待って。孝元さんに聞いてみる」

ユウキが孝元と電話して数分後、首をふって、

「孝元さんは依頼を出した覚えがないって」

「どういうこと……」

嫌な予感が二人の脳裏によぎる。

「あのとき選ばせた封筒どこだろう」

ユウキがゴミ箱をあさると丸めてぐちゃぐちゃになった四通の封筒が見つかる。

「沙耶おねえちゃん、見て」

ユウキが封筒から取り出した四枚の依頼書を並べて見せた。

「これって……」

その内容に沙耶は目を見開く。

「うん、全部同じ内容。今回の怪異事件の依頼書だよ。あのときどの封筒をひいたって僕たちは今回の怪異事件を受けたことになる」

「でもどうして先生はそんなこと？」

　ユウキは何か考えていたが、ふと窓に取り付けられているクーラーを見る。何か思いついたようだ。

「あのときクーラーが壊れていたのって偶然かな？」

「どうして？」

「だって普通なら約束やぶりそうなほど退屈な依頼内容だったよ。でもおっさんは事務所が暑いからって理由ででかけたじゃん」

「そうね」

「おっさんは最初から今回の怪異事件を受けるつもりで僕たちを誘導したんだ」

「でも待って。おかしいじゃない。もし誘導したいとしても、それなら今回の受ける依頼はこれだって言えばいいだけだもの」

「たぶんそれだと僕が文句言ったと思う。つまらなそうって」

　あのときの流れがあったからこそユウキもしぶしぶでかける気持ちになった。

「ユウキ君って先生に似てきたわよね」

「やめてよ、そんな不吉なこと言うの。でもそう考えると、今回の事件っていろいろおかしくなかった？」

「うん、さすがに憶測が多かったと思う。そのかわりスピード解決だったけど」

「そうだね。予告通り夜には終わらせたもんね」

沙耶は少し考え込む。

「先生がそう言ったとき、どこまでわかってたんだろう」

「どういうこと？」

「夫が死んでいると静子さんにわからせるための方策だったけど、でもそれって結果論よね？」

「そういえば家の様子がおかしいからって、おっさん一人になったとき電話して調べさせたんだよね」

全員が葉瑠の部屋に行っている間に、湊は電話ですでにいくつかの手配をしていたと言っていた。スマホは葉瑠の部屋に置いてきたので、居間にあった染谷家の家の電話を使ったという。そして葉瑠の父親が事故死していることを知った。

しかしそれらはすべて湊が夜までに解決すると言ったあとの話だ。

「夜までに解決するって言ったのは、別の目的があったんじゃないかな……」

「たとえばどんなの？」

「たとえば、遅く帰りたかったとか」

なんとなく言ってみたユウキだが、そう考えるといろいろと合致する部分が出てくる。

「僕たちを部屋から出したかった？」

「そのためにクーラーを壊して？」

「大量のエロ本を隠したとか。ほら、沙耶おねえちゃんすぐ捨てるから」

「そういう理由ならいいけど……」

なぜ事務所に寄せ付けないようにしたのか、二人にはわからない。事務所を見渡しても、二人を寄せ付けたくない理由になりそうなものはなかった。

「おっさんの部屋に行ってみよう」

「でも勝手に入るなって。カギもかかってるし」

「カギなら壊しちゃえばいいんだよ」

やはり湊に似てきたと思う沙耶だった。

事務所の奥にある湊の部屋のドアの前に二人は立った。

「ねえユウキ君、なんだかすごい嫌な予感がするの。見ちゃいけないものがこの向こうにあるんじゃないかって……」

「僕も開けたくない気持ちでいっぱいだよ。でもここで引き返したら後悔することになると思う」

ドアのノブをまわそうとしたが、案の定カギがかかっている。

ユウキは法力を使って力任せにドアノブを壊して回すと、勢いよくドアを開けた。

沙耶は口を手で覆い、ユウキはしばし呆然とした。

「どういうことなの」

「こんなのおかしいよ」

湊の部屋はひどく散らかっていた。いや何かに荒らされたといったほうが近いだろうか。

部屋中には三本の爪痕がいくつも刻まれ、家具や壁や天井が傷だらけだった。

「今回の依頼と一緒だ」

「いったい、どういうこと……」

「わからないけど、一つだけはっきりしてることがあるよ」

ユウキは無念そうにつぶやく。

「本当の嘘つきはおっさんだ」

「あの子達を騙《だま》すなら、もう少しうまくやりなさいよ。湊君らしくもない」

理彩子はあきれた表情で室内を見回す。簡素な内装の病室は一人部屋で内緒話をするにしても、周囲のことを気にする必要はない。

「私と孝元さんへの根回しも適当だし、依頼書をそのままゴミ箱に入れておくだけなんて、ずさんもいいところ。あの部屋の掃除は沙耶がやってるんだから」

「わかった。今度からはコンビニのゴミ箱に放り込むよ」

「やめなさい。マナー違反だし違法だし、そもそも機密事項をなんだと思ってるの」

「冗談だろ。ムキになるなよ」

そう答える湊は病室で検査着を着て、ベッドに座っていた。

「部屋もよ。カギをかけてたって、不審に思えば強引に開けるわ。ユウキ君も沙耶も、すっかりあなたに感化されてるんだから」

「わかったわかった。説教はそのへんでカンベンしてくれ」

「説教じゃないわよ。隠しておきたかったんでしょう？　……治療はどれくらいかかるの？」

ベッドサイドに置いてあるプリンタ出力されたカルテを見る。頭部のＣＴスキャンの画像だ。はじに小さな黒点があり、赤ペンで印がついていた。

「腫瘍ってこれ？　小さい、のよね？」

「1センチ程度だ。サイバーナイフによるレーザー治療なら、一日か二日で終わる。切開の手術に比べて副作用も少なくて安全だ」

「そう、よかった」

そう言っている理彩子のほうがほっとしている様子だった。

「原因はやっぱり頭部への衝撃？　原因はわかったの？」

「さあな。頭を打ったことなんて心当たりがありすぎて、どれがどれやら」

湊は怠け者だが、好奇心を刺激されれば平気で危険なことに首をつっこむ。理彩子が知るだけでも、湊が怪我をして入院した回数は両手ですまないほどだ。それこそ、十六歳のときに初めて会ってから十年以上。湊は無茶ばかりしていた。

「まあいままでの蓄積でしょうね。でもまさか同じ症例の依頼が見つかるなんて」

「空怪なんて怪異、適当に名づけただけだ。俺自身もそういう存在があるのかどうか、確信は持てずにいたんだがな」

「湊君と同じ現象。霊力も法力もない人間の周囲に、ある日突然、怪異が現れる。それも部屋がめちゃくちゃになる痕跡があるのに、怪異の気配はない。二週間前に湊君の部屋で同じものを見たときは、私や孝元さんはほんとに驚いたのよ。それと同じ状態の依頼が見つかるなんて、何度も言うけど、ほんとに奇跡よ」

「俺の日ごろの行いだろ」

理彩子はやはり苦笑で応えるしかない。日常生活は誉められたものでなくても、湊が解決してきた怪異事件によって、何万という人々が救われてきたのは確かだ。

「あれだけ近くにいる沙耶やユウキ君が気づかないのもありえないことだった。私も最初は何がなんだかわからなかったわ」

「怪異が見えたり見えなかったり、自分の部屋で悪さをするのに、実体がなかったり。気分のいいもんじゃないな」

「私たちにはそれが普通よ。でも、あんなふうに実体があるようでない怪異は、確かに不気味ね。空気のように世界中に蔓延している怪異なんて。いまひとつ実感がわかないわ。世界中に広がってるなら誰か気づいてそうなものじゃない？」

「いままでは勘違いや嘘でスルーされてきたんだろう」

「今度、御蔭神道で対策を考えようかと思うんだけど」

「さて。あったとしてもやらないほうがいいだろう」

「どうして？」

「本来生物にとって酸素は有害だって話、聞いたことあるか？」

「酸素？　ああ、そう言えば聞いたことあるわ。有害だったんだけど、ミトコンドリアを取り込んで、大丈夫になったのよね？」

「そうだ。いまとなっては酸素は必要不可欠。なくなるとほとんどの生物は死んでしまう。空気の怪異、空怪も同じようなものかもしれない。自我のようなものがあるのかもわからないし、積極的に人間を襲ったり悪さをするわけじゃない。今回の娘も俺も、原因は自分の脳の障害だ」

「そうね。もしかしたら人間が今のように進化する前から存在していたかもしれないんだものね。滅ぼしたらどんな影響を及ぼすか、まったくわからない……」

「ああ。綺麗過ぎる水には魚は住めない。どんなに綺麗に見える渓流にだって、寄生虫だのツボカビ菌だの大腸菌だのがうようよしてるんだ。全部フィルターで濾《こ》したら川は死ぬぞ」

「わかった。空怪は放っておく。今後同じような現象が起こったら、今回のことを参考にするわ」

そこまで言って、理彩子は湊の頭をそっとなでる。

「おい」

「いいじゃない。たまには。どのみち頭の怪我が原因なんでしょう。今回は怪異がらみで異常がでたけど、脳内出血がひどかったりしたら、湊君や私たちでもどうにもできないのよ。あまり心配させないで」

ベッドに座り、包帯からわずかに出ている湊の髪にそっと触れた。

「怪異討伐が面白いのはわかるけど、もう少し自分を大切にして」

湊は理彩子の手をとり、ふりはらうでもなくじっと見つめる。

「それを言うならおまえだろ。もう三十前だ。この薬指にダイヤの指輪の一つもキラキラしてないのはどうなんだ。いつまでも現場で張り切ってないで、そろそろ見合いでもして落ち着けよ。卵子の老化も始まってるぞ」

「お互い、言っても無駄かしらね」

理彩子は笑う。湊もまた、笑った。皮肉めいた笑みではないのを理彩子は珍しいなと思って見ていた。

「沙耶はこのあいだ十七歳になったわ。私が湊君と初めて会った歳ね」

「なんだ？　そろそろあの邪魔な小娘をひきとってくれるのか？」

「それは沙耶に聞いてみないと。孝元さんの話では、ユウキ君もなんだかんだいって、当分総本山に帰る気はないみたいだし。だいぶあなたに感化されてるわよ」

「いまごろ俺の部屋に勝手に入って、騙されたと怒ってそうだ」

「なに言ってるの。その場合は心配してる、でしょ」

理彩子はカルテを置くと、湊の額を指ではじく。

「いたっ！　なにするんだ」

「秘密主義の罰よ」

「お前と孝元には言ったろう」

さらにもう一枚のカルテを手に取る。

「これが今日、調査に行った葉瑠って子のカルテ？」

「ああ、部位は違うが俺と同じように腫瘍があった。放置してたらいずれ事故の後遺症として倒れていた可能性がある」

「交通事故の後遺症って忘れた頃にやってくるって言うものね」

「そういう意味じゃ、あの葉瑠って子は空気の怪異に救われたとも言えるな。いや、そう考えると、最初に葉瑠の前に現れた父親の怪異は、本物だったのかもな」

「湊君って、けっこうロマンチストよね」

「どこにロマンがあるんだ。怨念と妄執に満ちた話じゃないか」

憎まれ口を叩く湊に理彩子は優しく微笑んだ。

湊は疲れたように息をはくと、犬を追い払うように手を振る。

「おまえもそろそろ帰れ。俺は手術の準備がある」

「あーあ、でも残念ね。せっかく湊君に霊力か法力が芽生えるかもしれなかったのに」

「そんなものいらん。見えないからこそ見えてくるものもある。俺はこのままでいい」

そういうと湊はベッドに寝転がり背を向けてしまった。

「じゃあね。お大事に」

どこかすねたような湊の姿がおかしく、理彩子はくすりと笑いながら病室を出て行った。

タイミングを見計らったように、理彩子の携帯電話が鳴った。沙耶の名前が表示されている。

「もしかして、湊君の嘘に気づいちゃったかな」

さてどんな言い訳をしようか考えようとして、結局バレそうなのですべて洗いざらい話すことにした。

明日には湊のもとに沙耶は駆けつけるだろう。ユウキもついてくるに違いない。

向かいから中学生とおぼしき数人の少女達が歩いてきた。

「葉瑠ちゃんの病室、こっちだって」

「元気だといいね」

大きな花束やプレゼントを持った子供達は、足早に友達のいる病室にむかって歩いて行った。

【第二話】
狐

プロローグ

目の前にかざした手のひらすら見えない闇の中にいた。指先が顔に触れてようやく手がそこにあるのだと理解にいたる。

——ああ、またこの夢か。

心の奥底に去来する思いは自分自身を驚かせた。そうだ。これは夢だ。そして何度も見ている恐ろしい夢だ。

朝になれば泡沫《うたかた》のように忘れてしまう夢。それでも恐怖は蓄積し、心を徐々に蝕《むしば》んでいく。

——そう、恐怖。恐怖だ。

目が見えないわけではない。

その証拠に、ずっと離れた場所に淡く光るものが見える。足が自然と動く。近づいてはいけないと、心が警鐘を鳴らしても足を止めることはできない。

近づくとそれが巨岩だとわかる。ただの巨岩ではない。おぞましい気配をまとった、禍々《まがまが》しい尋常とはほど遠い存在だ。

——いやだ。逃げたい。

しかし足はすくんでいるのか支配されているのか、ぴくりとも動いてくれそうになかった。

岩の両眼が開く。岩のどこに目があるのか。自分でもわけがわからない。しかしそうとしか表現できない。

何者かが目を見開き、じっとこちらを見ている。人を虫けら程度にしか思っていない冷たい眼差しだ。

——あれは滅ぼさなくてはならない。

その思いは強く強く心に残った。

悲鳴を上げて起き上がると、そこは見慣れた己の部屋だった。暗闇も石もどこにもない。それでも恐怖心はねっとりと心にこびりついて離れようとはしなかった。

「カオナシ様、カオナシ様、何かありましたでしょうか？」

部屋の外から声が聞こえてくる。自分の身の回りの世話をしている世話役の神官だ。

「なんでもない。気にするな」

体中から汗が噴き出ていて気持ちが悪かった。

「しかし……」

世話役は納得をしていない。それほどあげた悲鳴は普通ではなかったのだろうか。

「いやな夢を見ただけだ。あまり恥ずかしいことを言わせるな」

「い、いえ。申し訳ありませんでした」

世話役は恐縮して引き下がろうとする。

――滅ぼさねばならぬ。

誰かが、何かが、心の奥底でささやいた。

「待て」

短い制止を聞き逃さず、世話役はすぐさまそばに舞い戻った。

「なんでしょうか」

――そうか、そうであったか。

己の恐怖の源を探り当てた気分だ。

「早急に手を打たねばならん」

「手を打つ、ですか？」

「そうだ。あれは滅ぼさねばならぬ」

心の底からそう思う。何者かがそうささやいている。滅せよ。滅せよ。滅せよ。あれこそは災いそのもの。

「あれ、とはなんでしょう？」

「……殺生石《せつしょうせき》だ」

世話役が思わず息を呑む。日本三大妖怪の一つ、九尾《きゅうび》の狐《きつね》。その死骸の殺生石は日本中に散らばり、いまなお毒を吐き続ける災いの権化《ごんげ》であった。

「我、啓示を受けたり」

そのためにまず災いの源を集めねばならない。

——そう、集めるのだ。

心の奥底で誰かがささやいている。それはきっと正しいことに違いない。

1

ホテルのロビーにいた客が、いっせいに入り口のほうを見た。

そこに立っていたのは振袖を着た美しい女性だ。いまは成人式か結婚式、もしくは初詣くらいでしか見られない振袖は、秋冬に着る袷《あわせ》のものがほとんどで、夏にしか着られない絽《ろ》の振袖は今ではめったに見ることができない。白の絽地に夏草があしらわれた涼しげな柄に、吉祥柄《きっしょうがら》の絽の袋帯は一目で良いとわかるものだ。なにより着ている女性本人が着物に負けず美しく、身のこなしも優雅で美しかった。

「女優さん？　モデルさんかな？」

「撮影かなにかじゃないの？　このホテルの庭園、よく使われてるし」

ドアマンに出迎えられ、ラウンジがあるロビーを横切っていく。

年配の品の良い女性が先を歩き、後ろにはかわいらしい清楚《せいそ》な薄い黄色のワンピースを着た高校生くらいの少女が誇らしげな顔をして歩いている。

広いロビーの奥のほうで、スーツ姿の長身の男性が立ち上がり、三人に向かって軽く手を振った。

「お見合いかしらね？」

「きっとすごくいいところのお嬢さんよ」

「相手の男の人もすごくカッコよくない？」

人々が口々に耳打ちしあう。

桂山荘《けいざんそう》は都内でも有数の高級ホテルで三万坪の立派な庭園があることで有名だ。

ここで結婚式をあげることは一つのステータスであり、お見合いが行なわれることも多い。

お見合い自体は珍しいことではないが、それが見目麗しい美男美女であれば人々の注目はいやがおうにも集まる。

お茶に来ている有閑マダム達だけでなくベルボーイやドアマンまで二人をチラチラと横目で見ていた。


「朝霧伊織《あさぎりいおり》です。今日はよろしくお願いします」

端正な顔立ちの男性が頭を下げる。

「こちらこそ、よろしくお願いします。水谷《みずたに》理彩子です」

「はい、よく存じています」

遅れて出た自己紹介に、伊織は柔らかい笑顔で優しく包み込む。仕事柄つきあいのある相手だった。

「おたがい顔見知りです。これ以上の自己紹介はいらないでしょう」

「そう、そうですね」

理彩子はぎこちなく微笑み、そっと相手を盗み見る。朝霧伊織のスーツ姿は見慣れている。いつもきまじめなぱりっとしたスーツ姿だが、今日はシャツが淡いブルーで普段より砕けた印象があった。

「今日はメガネじゃないんですね」

「え、ええ。和服にメガネはと思って……」

「着物が、とてもよくお似合いです。あなたのこの姿を見られただけで、僕はもう満足してしまいそうです」

まっすぐな賞賛になんと答えてよいかわからず、理彩子は口ごもってしまう。

伊織は笑顔で理彩子を見つめ続けていた。

「さあさあ二人とも。お互い見つめ合っているだけでは、話は進みませんよ」

二人の間を取り持つのは、加々美警察署の本部長を務める塚間《つかま》幸子《さちこ》だ。いままで何組ものお見合いを成立させてきた手腕の持ち主だ。

一週間ほど前。

理彩子は突然、御蔭神道のカオナシ様に呼び出された。

――お見合いですか？

――相手は是非にとおっしゃってくださっている。

――加々美署の警視、朝霧伊織。キャリア組の三十歳だ。知らないわけではあるまい。

――言うまでもないが我らは警察との関係を密にしなければならない。怪異隠蔽《いんぺい》に警察の協力は不可欠。

――その点、朝霧伊織は申し分ない相手と言える。ゆくゆくは警察署長、いや警視総監の座も狙える逸材だぞ。

――この結婚が成立すれば、御蔭神道と警察の関係はさらに強固なものとなるだろう。

口々に話すカオナシ様達が、さあさあ返答はいかにと詰め寄ってきたときの恐怖といったら。このときばかりはいつもは威厳に満ちたカオナシ様達が、近所のお節介なおじさんおばさんにしか見えなかった。

しかし警察とのコネクションを持つことも御蔭神道では大事な勤めの一つだ。

言い方は悪いが、ようは癒着だ。しかし怪異の存在を隠蔽するためには、どうしても法をねじ曲げてもらわないと立ちゆかないケースも多い。

なんにせよ、カオナシ様からの命令に近いお見合い話を断れるはずもなく、正装で行けと釘《くぎ》をさされ、五年以上封印していた振袖を引っ張り出して着る羽目になった。

「今日は三階の椿《つばき》のお部屋をとってあります。さ、行きましょうか」

お見合いの場としてセッティングされたのは、懐石のレストランだ。エスカレーターに乗るとき伊織が少し照れた顔をして、そっと手を差し出してくれる。

この伊織の嬉しそうな顔を見て、理彩子は振袖を着てきてよかったなと素直に思った。


「最初に断っておきますが、もし警察との関係を密なものにしなければならないという使命や思いに縛られているのならば、忘れてください。たとえあなたにフラれても、僕はいままで以上に御蔭神道とのつながりを強固にするつもりです。怪異被害からの安全確保、情報操作により市民を不安から守る。これらの業務の大切さは、一個人の感情で左右されていいものではありません」

立派なことを言う人だ。言葉だけでなく本当にそう思っていることは、まっすぐな眼差しからも伝わってくる。誠実で高潔でいまも未来も有望な男性。加えて容姿もいいときている。

——どうしてこんな人が私に？

というのが理彩子の正直なところだ。総本山の渉外役と警察の渉外役として会うことも打ち合わせもすることの多かった相手ではあるが、伊織は自身の学歴と能力だけでなく、父方は財閥系の、母方は旧華族の血を引く本物のエリートだ。

朝霧伊織のメリットが見えてこない、というのが理彩子の不安に思うところであった。

自分の容姿が男性に対しそれなりに魅力的と映るのはわかっている。しかし見た目が良いからという理由だけで恋愛対象に、ましてや結婚相手に選ぶほど、お互い若いわけでもない。

理彩子は巫女《みこ》の家系としてこそ名高いものがあるが、それは表向きにはできない。夫婦同伴の席に身分を公にして大手をふって出て行けるわけでもない。両親も他界していて身内は沙耶一人だけだ。伊織ほどの男性なら、どこに出しても恥ずかしくない名家のお嬢様のお相手はいくらでもいるだろう。

「まいったなあ」

伊織は頭をかいて本当に困った顔をしている。

「そんなに警戒しないでください。僕がこうしてお見合いを申し出たのは、警察や御蔭神道とはまったく無縁です。両家と言っていいのかどうか、御蔭神道と警察という立場でのお見合いになってしまっているのは、僕が直接あなたに関わりをもてば、変な勘ぐりをする外野がうるさいと思ったからなんですよ。誤解させてしまったようで申し訳なく思っています」

「どうして、私なんかと……」

伊織はまっすぐに理彩子の目を見て乗り出してきた。

「あなたが好きだからです」

「なっ！」

あまりのストレートな物言いに、理彩子は硬直してしまった。

「一目会ったときから、あなたのことが好きでした。美しくて聡明《そうめい》で。あなたは覚えていないでしょうが、大変な現場でした。その中で陣頭指揮を執《と》るあなたの凛々《りり》しさに心打たれたのです。あなたこそ僕の理想だ」

あまりにもまっすぐな告白に、仲人役の塚間幸子は胸の前で手を組んで目をきらきらさせている。それだけ見れば十代の乙女のようだ。そして塚間の後ろでまったく同じ格好と表情をしている十代の乙女は、それ以上に興奮していた。

2

「ねえ、本当に行くの？」

目の前の立派な門構えを見て、ユウキは気後れした声を出す。

「電車に乗って人が無駄に多いこんなところまで、わざわざやってきたんだぞ。いまさら引き返したらただのアホだろうが。にしても暑いな」

隣の湊はいつもの変わらない態度だ。これから高級ホテルのお見合いの席をのぞき見し、あわよくばからかい邪魔してやろう、とたくらむ人間にしては落ち着き払っている。

ついて歩くユウキも真夏の暑さに少々うんざりしている。学校の制服を着てこいと真剣な声で言われたので律儀に着てきた。半袖とはいえ暑い。しかしそれ以上に湊がしんどそうだった。いつもの黒いよれよれのシャツならば暑いだけだっただろう。

今日の湊はいままで見たこともない格好をしていた。黒いスーツの上下、その下は、ノーネクタイで黒いシャツ。ボタンは上の二つがはずれて、首もとのネックレスが目立つ。髪はサイドを上げ前髪を目にかかるほどおろし、それをワックスで固めている。

その姿は昼間の往来でとてつもなく怪しい雰囲気をかもしだしていた。あまり風紀のよろしくない夜の繁華街にいそうな格好、一言で言えばホストだ。

「冷たい飲み物の一杯でも飲まないと、ぶっ倒れてしまう」

馬鹿じゃないの当たり前だよと返したいところだったが、言い返すのも面倒くさい。暑さにばかばかしくなった湊が、気が済んでここで引き返そうと言えばいいのにと思っていた。

「さて、ここでユウキに相談がある。理彩子に偶然会ったという設定で、入り浸ってるホストクラブのホストのふりをするか、それともどういうことなんだと詰め寄る恋人のふりをするるか。どっちがいいと思う？」

「それって、どっちも嫌がらせだよね」

「人聞きの悪いことを言うな。退屈なお見合いを盛り上げるちょっとしたサプライズだよ。つまり善意だ」

へらへらと笑う姿からは善意なんてものは欠片も感じられない。

「恋人のふりのほうかな」

ホストに比べればまだ傷は浅そうだ。

「ほうほう。わかった。じゃあ入るぞ」

湊は門をくぐり抜けて、桂山荘の敷地内に足を踏み入れた。ホテルの入り口までの100メートルほどの道からも、立派な庭園の一部が見える。都会から切り離されたような空間はまるで別世界だった。

明らかにホスト風の男と名門私立の制服を着た小学生という奇妙な二人組にも、ホテルのスタッフは、にこやかに頭を下げた。

「いらっしゃいませ。ご宿泊でしょうか」

「涼みに来ただけだ」

適当な受け答えだが、もしかしたらもう目的は切り替わっているのかもしれない。うだるような暑さに直面して、理彩子へのひやかしなどどこかに消し飛んだとしても不思議ではない。

自動ドアが開くと冷たい空気が流れ出てきて、汗をかいた体をほどよく冷やしてくれる。

「僕もう外に出たくない」

「同感だ」

二人はそのままラウンジに入るとテーブルについて出された冷たい水を一気飲みし、一息ついた。ミナトはいつもどおりクリームソーダを頼む。ユウキも本物のメロンを使ったクリームソーダという品書きにつられて、同じものを注文する。

「うわ、おいしいね、これ。メロンも立派なのが一切れついてるし、バニラアイスも超おいしい」

「だな。人工的な緑のシロップじゃないメロンソーダなんて邪道だが、一年に一度くらいはこういうのも悪くない」

「そんな言い方するならメロンは僕がもらうね」

グラスのふちに飾られたメロン一切れをめぐりしばし攻防がくりひろげられ、勝ったのはユウキだった。

「見合いをしてるのはここじゃないみたいだな」

ほとんど空になった飲み物のストローをずるずると未練がましくすすりながら、湊は周囲を見回していた。

ユウキから見てもお見合いらしい雰囲気のテーブルはなかった。

「こんなところでお見合いはしないんじゃないの？　個室とか、もうちょっと広くて立派なお店とか」

「ホテルのラウンジも定番なんだがなあ」

「おっさんに邪魔されると思って警戒したんだよ」

「いいや違うね。警察と御蔭神道の癒着の臭いがするお見合いだ。人目を避けたってとこだろ」

　どこまでもひねくれた解釈だ。

「そもそもなんで僕までこなくちゃいけないのさ」

「あとで俺一人だけ理彩子に怒られるのは嫌だからに決まってるだろ」

「ただの巻き添えじゃないか！　やだよそんなの」

「そうかそうか。じゃあお前にも役をやろう。理彩子の隠し子だ。十八歳の母か。普通すぎてインパクトに欠けるな。二歳くらい歳を盛るか」

「もっと怒られるよ！」

　ろくでもない人間は考えることまでろくでもない。

「だいたいおっさんのせいでお見合いが台無しになったらどうするの？」

「馬鹿だな。それは俺の優しさだ」

「欠片もそんなもの見当たらないんだけど」

「どっちみち破談になるんだから、人のせいにできるほうがいいだろう」

　ひねくれたろくでなしで、そのうえ人でなしだ。

　ロビーの中をぼんやりと見ていた湊とユウキは、意外な人物と目が合った。

「え、あれ？」

　相手は驚いた顔で席を立つと、こちらに向かって歩いてきた。

「もしかして先生とユウキ君？」

　二人に近づいてきたのは沙耶だ。いつもの見慣れた制服ではなく、薄い黄色のお洒《しゃ》落《れ》なワンピースを着ていた。

「どうしておまえまでめかし込んでいるんだ。お見合い相手の優良物件ぶりに、三十過ぎのババアより若い私のほうがいいですよってアピールか？」

「違います。理彩姉さまはまだ二十九です。それに三十歳はまだまだ若いです」

「その言い方は、若くない一歩手前ってことだな」

「先生はどうしてそう悪意ある取り方ばっかりするんですか」

「心が貧しいんだよ」

　ユウキが核心を突く。

「それにしても先生の格好……まっとうな人には見えないです」

　いぶかしむ眼差しを向けて言う。

「まさか邪魔しに来たんですか？」

「人聞きの悪いことを言うな。からかいに来ただけだ」

「それを邪魔しに来たって言うんです」

沙耶は肩をがっくり落とし、うなだれる。

「理彩姉さまはこうなるのを恐れてみんなに口止めしていたのに……」

「孝元さんがうっかり喋っちゃったんだよ」

「うっかりじゃないね。あいつは確信してた」

ユウキは孝元がうっかり喋ったときのことを思い出した。恐ろしく軽い口調で、そういえば知ってるかい、とぺらぺら洗いざらい話し始めた。

――湊君には内緒なんだけどね。

と最後に一言付け加えている。天然なのか確信的なのか微妙なところだった。

「もう、孝元さん頼りない……」

孝元の信用株は暴落中だった。

「なに言ってるんだ。おまえだって似たようなもんだろうが」

「どうしてですか？」

「理彩子のお見合いなんて知らない。私はデートでここに来ただけですって顔をしていれば良かったんだ」

「デ、デートなんかじゃありません」

「だいたい高校生がこんなところでデートするわけないよ」

二人から白い目を向けられても、湊はまるで意に介さずロビーを見渡している。

「理彩姉さまならここにはいませんよ。私はちょっとお使いを頼まれてクロークにきただけですから」

「もうそんなことどうでもいい。いまは涼みたい気分なんだ。もうここから一歩も動きたくない」

湊はラウンジのイスにだらしなくもたれかかっている。

「じゃあ僕が見てるから、沙耶おねえちゃんは戻ったほうがいいよ」

「そうね。先生のことお願いね」

立ち去る沙耶を見送った湊は、口元をいやな形にゆがめる。ろくでもないことを考えているのは明らかだ。

「あっちのエレベーターホールに向かったか」

「あっちの？」

「このホテルはエレベーターホールが二カ所あるんだ。西館と東館。沙耶がいったのは東館。あっちから行けるお見合いに使えそうなレストランならだいたい見当がつく」

――おっさんをだますために逆のエレベーターホールにいったってことは、ないだろうなあ。

沙耶の賢明な判断を期待したいところだが、湊を出し抜く沙耶などとうてい想像できなかった。

「とは言っても完全予約制のレストランだ。いまから入るのは無理だろうな」

しかし救いの手は別の方向にあった。おそらく邪魔される可能性を懸念してのことだ。

「まあ他にもやりようはある」

強敵の怪異に立ち向かうときのように、湊は不敵に笑っていた。

3

沙耶は急ぎ足で理彩子のお見合いの場に向かった。途中で尾けられていないか振り返るくらいの警戒心はあったが、向かったエレベーターホールから場所が特定されるまでは気が回らなかった。

「理彩姉さま、お取込み中のところ失礼いたします」

沙耶はロビーで何があったのか一部始終を理彩子に聞かせた。

「湊君が？　ユウキ君までつれて？　はあ、まったくあいつもヒマ人ねえ……」

湊がからかってお見合いが台無しになるのは、正直にいえばかまわないのだが、相手は仕事上のお付き合いもある人間だ。

よけいな人間関係のこじれは避けたいというのが、理彩子の本音だった。

「どうかなさいましたか？」

伊織が尋ねてくる。

「あ、いえ……」

どうしようか言いよどんでいると、

「お食事も終わったし、あとはお若い二人で散歩でもしてきなさいな」

仲介役の塚間幸子が、理彩子が遠慮しているのかと勘違いしたのか笑顔で提案してくる。

「そうですね。ここでずっと座っているのも堅苦しいでしょう。どうです。このホテルの売りである庭園でも見に行きませんか？」

庭園へは専用のエレベーターがついている。湊がこちらに向かってくるなら、それでうまく行き違いになるだろう。

「ああ、水谷さんは着物ですね。暑いし、歩きにくければ、別の場所にしますか？」

「いえ、大丈夫です。ただロビーでも目だってしまって。夏にこんな大仰な着物を着ているので……」

「目立っているのは着物じゃなくて理彩子さんですよ。私は美しいあなたと一緒に歩いて、羨望の眼差しを一身に受けるのが楽しみです。では、まいりましょうか」

そう言って伊織は今度はごく自然に手を差し出してきた。

「すてきな庭園ですね。噂には聞いていましたけど、東京のど真ん中にこれほどの場所があるとはなあ」

理彩子は伊織と並んで庭園をのんびりと歩いていた。

木々は生い茂り、小川が流れ、小さいながらも赤い橋があり、その向こうには滝まで見えている。

都心のホテルの庭園とは思えないほど贅沢な造りをしていた。木々に遮られているせいか、外から車の音が届くこともない。

「本当にすてきなところですね」

「夜になるとホタルが見られるそうですよ」

正直に言うと少し暑かったが、それでもすぐさまエアコンのきいたホテル内に戻りたいと思わせないほどの魅力が庭園にはあった。伊織のエスコートもスマートで、理彩子が歩きやすいルートをさりげなく選んでくれ、わずかな段差では絶妙なタイミングで手をさしのべてくれる。

「ここにホタルが舞ったら素敵でしょうね」

「水谷さんさえ良ければ、今度は夜に、テラス席からホタル狩りをご一緒しませんか。そのときはお互い、もう少しくだけた格好で涼しく見ましょう」

「私は朝霧さんの浴衣姿が見てみたいです。いつもスーツ姿でキリッとなさっていますから。それだけで仲間の女性に自慢できますもの」

「水谷さんがデートに応じてくださるなら浴衣くらいお安い御用です」

気づけばいつのまにか二回目のデートに応じることになっていた。無理やり断るほどの理由もないし、伊織の浴衣姿を見てみたいというのも本当だ。いつもパンツスーツが多い自分の振袖姿に伊織がお世辞でなく目を輝かせてくれたのは、相手に置き換えてみればその気持ちもわかる。伊織の浴衣姿を想像し、ギャップ萌《も》えとはこういうものかと、理彩子は納得してしまった。

伊織が浴衣なら自分もだろう。紺地の絞りの鉄線柄の派手すぎない、あの浴衣がいいだろうか、などつい考えてしまった理彩子は、小路の向こうから近づいてくる男に気づかなかった。

「あっ、すみません」

曲がり角で誰かとぶつかりそうになった。よろけたところをとっさに伊織が支えてくれる。

「あれえ？　理彩子さんじゃないですかあ！」

聞き覚えのある、しかしまったく違和感しかない声がした。

「湊く……な……」

何か言おうとして、湊のかっこうを見てとっさに二の句がつげない。

「なに、その……」

今にも前髪をいじりだしそうなウザい髪型にチャラいスーツ姿。どこからどう見てもホストですと主張している。

「こんなところで会えるなんて奇遇ですね。最近お店に来てくれなくて寂しかったんですよお」

丁寧な言い方なのに巻き舌が入っていて、いらだちを覚える。

「あれ、ボクのこと忘れちゃいました？　いつもご指名いただいているミナトでーす」

——最悪なほう選択してるし。すごくいい雰囲気だったのに。

うしろで見ていたユウキは内心嘆息する。

「ご指名って……」

「いつも当店でご指名いただきありがとうございます。ほんと、理彩子さんはこんなボクを見捨てず、いつも通ってはご指名してくだって、感謝してるんですよお」

タチが悪いことに湊は一つも嘘を言っていない。事務所に怪異退治の依頼を頼みにくる、それは湊を指名していると、そういう解釈もできなくもない。ミナトも本名なのだが、湊が巻き舌気味に言うと果てしなく源氏名っぽい。

「あっ……」

伊織の姿を見て、湊はわざとらしく狼狽《ろうばい》する。

「す、すみません。まさか男性のお連れさんがいるとは思わなくて……。あ、ええと誤解です。理彩子さんが週二でホストクラブに通ってるなんて、そんなことは決してありません」

「お願い、黙ってくれる？」

ようやく理彩子が発することができた言葉はそれだった。

同時にミナト達を見つけた沙耶が小走りに駆け寄ってくる。湊のたくらみ通り鉢合わせしてしまったことに気づいて、がっくりと肩を落とす。ユウキは後ろからそっと慰めた。

伊織は怒るかあきれるか、どちらにしてもこの場から立ち去ってしまうだろう。まんまと湊の思惑通りにことが運んだ。

しかし伊織が次にとった態度は理彩子やユウキや沙耶の予想とも、湊の思惑とも違っていた。

湊に右手を差し出して、伊織は微笑んでみせる。

「お噂はかねがね。九条湊さんですね」

「俺がいつ名乗った？」

湊は不機嫌そうに差し出された手を一瞥《いちべつ》して、おもしろくなさそうに言う。

「さっきミナトと名乗ったではないですか」

「あれは源氏名だ」

「ははは、噂通り人を食った方ですね」

無視された右手を見て、軽く肩をすくめてあっけらかんと笑う。

「お会いできて光栄です。たいがいの人はあなたの態度に不快感を抱き、あなどる傾向があるようです。あなたがそう仕向けている部分もあるとは思いますが」

「おいおい、人から見下されるのが大好きな特殊性癖の持ち主みたいに言うな」

「とんでもない。正直に言うと尊敬してるんですよ。あなたの人間性はともかく、怪異を倒す能力は本物です。唯一無二と言っていい」

「人間性も一流だろうが」

湊の切り返しに伊織以外の全員が同じ顔をする。こいつは何を言っているのだと。

「ははは、ジョークも一流と付け加えておきましょう。それに人間性が一流か三流かはあなたの偉業の前ではどうでもいいことです。とくにダイダラボッチを倒した手腕は見事でした。あれにはさすがの否定派も黙らざるを得なかった」

「したり顔で語るな」

「これでも各方面にコネクションを持ってるんです。ダイダラボッチの詳細もあなたが思っている以上に知っていると思いますよ」

「そのコネ作りの一環で理彩子とお見合いか」

「違います。僕は本当に水谷さんを愛しているんです」

いままでどこか余裕のある態度だった伊織の雰囲気が一変した。力強い口調と眼差しをまっすぐに湊に向けていた。

沙耶は両手を頬にあて、いまにも黄色い悲鳴の一つもあげそうになっていた。お見合いに興味がなかったユウキも思わず伊織を凝視する。

まっすぐすぎる気持ちをぶつけられて、さすがの理彩子も頬を赤らめていた。

「水谷さん、いえ理彩子さん」

「あ、は、はいっ！」

突然、呼びかけられたので少しうわずった返事をしてしまった。

伊織はポケットから小さな箱を取り出すと理彩子の前に差し出す。

「性急なのは百も承知です。でも、どうかこれを受け取ってください。僕からの気持ちです」

「え、あ、あの……」

とまどう理彩子を前に伊織は小箱のふたを開けた。中には大粒のダイヤがついた指輪が入っていた。

「そんな……。受け取れません」

「重く考えないでください。婚約指輪ではありません。これは今日、僕のわがままにつきあってくださったお礼です」

「お礼って……いくらなんでもそんな」

箱から指輪を取り出すと、とまどっている理彩子の手に無理やり握らせる。

「ですから……」

なお断ろうとする理彩子のバッグから電話の着信音が鳴った。

「す、すみません。緊急の用件のようです」

伊織はすでに理彩子から離れて手を後ろに組んでにこにこしている。返すこともできず理彩子はしかたなしに指輪を握ったまま、少し離れた場所で電話を受けた。

その様子を遠くから見守っている伊織は、顔もむけず湊に話しかける。

「理彩子さんの中であなたの存在はとても大きい。大学時代からの仲間、総本山の荒《あら》田《た》孝元さんとあなた。その中でもあなたは特別だ。理彩子さんにとって何より大事な姪御《めいご》さんをあなたに預けるほどに。怪異のことに関しては誰よりも評価し、信頼している」

「なんだ、やぶからぼうに?」

「ただ僕にも一つだけつけいる隙がある」

「だからなんなんだよ」

「僕にとって理彩子さんはなにものにも代えがたい一番ですが、あなたにとってはそうではない。二番か三番か、もしかしたらもっと下かもしれない」

「トイレに忘れてきたハンカチよりはマシだぞ」

「あなたにとって一番は怪異だ。それも誰も太刀打ちできない強敵を好む。先ほどあなたの人間性についての評はあくまで周囲が言ったことです。あなたは人間に興味がない。もっと異質で異常だ。霊力がまったくないあなたが一番怪異に近い」

そこで初めて伊織は湊を見た。そこには穏やかでそつのない伊織がはじめて見せる挑発的なまなざしがあった。

電話を終えた理彩子があわてて戻ってきた。その様子からただならないことが起こったのだと、察することができる。

「申し訳ありません。御蔭神道から緊急の呼び出しがありました。この続きはまた後日にしていただけないでしょうか」

「緊急の呼び出し？」

「大変なものが見つかったの」

沙耶の問いに理彩子は意味深に、沙耶とユウキを見比べた。

「あなたたちにもかかわりがあるもの、殺生石よ」

4

巨石のまわりには防護服を着た人間が何十人もいた。

殺生石は全国各地に散らばり、過去に何度も毒ガスで人を死に追いやっている。その中でも今回見つかった殺生石の大きさは別格だ。おそらく各地に散らばった殺生石の本体だという憶測がなされていた。

「大きいのね」

防護服に身を包んだ理彩子は、岩の前に立つと緊張にこわばった声をこぼした。割れているとはいえ、岩は巨大だった。

調査の結果、破片の数は大小合わせて二十以上。大きなものは直径2メートル、20トン以上の巨岩で、小さくても数トンはある岩ばかりだった。

「これを全部運び出すっていうの？」

御蔭神道の上層部の決定を理彩子は納得していなかった。神聖な場所に安置し、殺生石が発する毒ガスを封じる。

運び出すには大型の輸送ヘリCH-47を使う。それでも20トン以上の重さのある岩は積載量ギリギリだ。

陸路で運び出すのはほぼ不可能という見解とはいえ、さすがに無謀ではないか。

本来ならここから動かさないほうがいい。しかし御蔭神道の上層部、カオナシ様の取り決めを覆すことはできない。

理彩子は万全を期すためにいくつもの対策を練った。

殺生石の一つ一つは何重にもしめ縄がまかれ、輸送ヘリには熟練の巫女や神官も搭乗させる。さらに沙耶やユウキがかつて殺生石を退治した方法を応用し、大きなスピーカーとアンプを設置した。

殺生石――九尾の狐は反響定位、つまりイルカや蝙蝠《こうもり》のように反響音で周囲の状況を把握していた。周囲三百六十度を把握する九尾の狐はいかなる攻撃も避けた。それを防ぐために、沙耶とユウキは録音した九尾の狐の鳴き声を流し、音で撹乱《かくらん》させて倒したという経緯がある。

他にもヘリコプターの輸送経路などできる限りの対策は練った。

それでも嫌な予感がぬぐえず、理彩子は現場にきて一日中、作業の一部始終を見守ることにした。

20トンの岩をつり下げたCH-47が上昇する。

飛び去る姿を理彩子はじっと見つめていた。いつのまにか向かう先には大きな積乱雲が立ちふさがるように浮かんでいた。

やがてヘリは雲の中に消えていく。雲の中に稲光が瞬いていた。不安ばかりが募る。やはりこの選択は間違いではないかという思いが、心の奥底にこびりついていた。

「大丈夫ですよ」

いつのまにか隣に立っていた青年が、穏やかな笑顔で話しかける。

「朝霧さん、いらっしゃってたんですか」

理彩子と同じ防護服のヘルメットの中で、声と同じくさわやかな笑顔を浮かべていた。

「どうも先日は……。あせってみっともない姿を見せてしまいました」

「いえ、こちらこそ申し訳ありません。先日の指輪、受け取るつもりもないのに持ち帰ってしまって」

いろいろとごたごたがあり、理彩子もあわててしまっていた。

「後日、きちんとお会いできるときに、お返ししますので」

「お気になさらずに。いらないなら捨てても構いません」

「捨てるって……」

そんなことができるわけがない。指輪は一流ジュエラーのもので2カラットはあった。何百万もするダイヤだ。

「では、理彩子さんが受け取る気になるまで、預かっていてください。返されたら僕のほうこそ、泣いて海にでも捨てにいくしかありませんから」

冗談めかして笑っていた伊織が真面目な顔になる。

「お仕事の話をしていいですか？」

はぐらかされた気もするが、確かにいまは仕事のほうが大事だ。

「そうですね。私は安全面が気になります」

「水谷さんが何度も安全性を検討したんです。僕も目を通しましたが、見事なものでした。あれで問題が起こるなら、どんな手段でも問題が起こるでしょう」

「もっとも安全な方法が抜けています」

理彩子は少しだけ表情を緩めるが、すぐに険しさを取り戻す。

「動かさないこと、ですか」

「ええ。殺生石をここから動かしてしまうのは、やぶ蛇に思えるのです。なによりいまになってこれが発見されたことが腑《ふ》に落ちません」

「御蔭神道は殺生石の力が弱まったからだと分析したようですが」

「そのような解釈もありますね」

「水谷さんの見解は違うと？」

「もしも発見されること自体が殺生石の目的だとしたら？」

「考えすぎじゃないですか。相手は怪異ですよ。それに殺生石、九尾の狐の対処方法は判明しているじゃないですか」

「それはそうなんですが」

「倒したのはあの沙耶さん、そしてあのとき一緒にいた赤羽ユウキ君ですね。話には聞いていましたがああして実際会うと、二人ともまだかわいらしい子供で、本当に驚きます。でも、理彩子さんも同じくらいの歳から第一線で怪異と戦ってらした。とても信じられない」

「そ、そうですか。でもそのぶん、世間一般のことを知らなかったかもしれません。姪は特に世間知らずで、純真すぎてちょっと心配なんです」

「姪御さんの話になると、とてもいい表情をなさいますよね」

「そんなこと。あまりからかわないでください」

理彩子は珍しく照れていた。このような場所と状況で心に安らぎをおぼえるとは思いもしなかった。こわばっていた体から自然と緊張がほぐれていた。

「お気遣いありがとうございます」

「きっと何事もなく終わりますよ」

次の輸送ヘリが岩を積載し、上昇する。遠ざかるヘリコプターを見送りながら、理彩子は本当にそうであってほしいと願った。

——大丈夫、きっと大丈夫。

何度も自分に言い聞かせる。それでも澱《おり》のように沈んだ不安は消えてくれようとはしなかった。

5

「検分？　なんだそりゃ？」

事務所の椅子にふんぞり返って退屈そうに大あくびをしている湊は、ほとんど興味がなさそうに問い返した。

理彩子がお見合いを中止し、急遽《きゆうきよ》御蔭神道に戻ったあの日から三日が経過していた。

「はい、私とユウキ君に殺生石を見定めるのにきてほしいと。カオナシ様から直々にお達しがあったのです」

沙耶は誇らしげに胸を張るが、湊はとんと興味なさそうだった。

「殺生石？　漬け物の石か？」

「どんだけ物騒な名前の漬け物石だよ」

ユウキも正直なところ、検分に呼ばれたことには面倒くささしか感じていないが、そこは湊と違って表に出さない分別がある。というよりも沙耶と出かけられる貴重な機会を逸したくないという気持ちが先立っている。

「日本の三代妖怪、九尾の狐ですよ！　九百年前に退治されて毒をまき散らす殺生石になって、徳の高い玄翁和尚《げんのうおしょう》によって打ち砕かれて日本全国に欠片が飛び散ったあの殺生石です。半年前に私とユウキ君が調査に行った場所でも遭遇して、ユウキ君が大怪我したあの殺生石です」

「ああ、そういやそんなこともあったな」

湊の態度はとぼけているのでもなんでもなく、本当に忘れているようだった。

「先生、前に殺生石の正体を見抜いてましたよね。どうして忘れるんですか？」

頭をぽりぽりかきながら、湊は苦み走った表情で、頭をひねっている。

「そうだったか？　対策できたもんなら覚えていてもしかたないだろう。ザコ退治はザコにやらせておけ」

「殺生石をザコって……」

殺生石の恐ろしさを正しく理解していて、なおかつ本気でそう言えるのは世界広しといえども湊くらいのものだろう。たぶんに傲慢で尊大な態度ではあるが。

「ですので、明日から数日、私は事務所に来られませんが大丈夫でしょうか」

「まあ、なんとかなるだろう」

「なんとかってなんだよ。おっさんはどうせ仕事しないんだから僕たちがいてもいなくても一緒じゃないか」

「あっ、ユウキ君も来てくれるのね」

「だって僕も呼ばれたんでしょう。じゃあ行かなきゃ」

「でもユウキ君は御蔭神道に所属しているわけじゃないから、強制じゃないのよ」

「ううん、行くよ。一人より二人で見た方が確実だよね」

「ありがとう。じゃあ明日はがんばって登りましょう」

にっこりと微笑む言葉の後ろについてきた単語に不穏なものを感じた。

「え、登るってなに？」

「殺生石を保管してある場所は御蔭神道の修練場なの。それは人里離れた山の中にあるの。あそこなら神聖な場所で殺生石の力も弱めることができるし、もしものときも周囲は御蔭神道の施設以外何もないから安心でしょう？」

「ちなみに登るって、どれくらい？」

「たいしたことないよ。山を二つ越えたくらい。朝早く出発すれば夕方になる前にはたどり着けると思うわ。夏は雷が心配だから、なるべく早く、朝の四時くらいに出発しましょう」

「山二つ……」

――しかも朝の四時？　どんだけ遠いの。

楽しみだった気持ちが萎えかける。総本山の修練場も山の中だがそれでもそこまで奥地にはない。なにより厳しい環境で修行すれば力がつくという根性論に否定的なユウキは、そんな場所に行くことに馬鹿らしさしか感じず、まともに修行をしたこともない。

そんな山道を健脚の沙耶の足についていけるとはとても思えないし、ヘタをすれば沙耶におぶってもらうような事態になりかねない。

「あ、やっぱり迷惑だった？　無理してこなくてもいいよ。私一人でも大丈夫だから」

ユウキが物怖じした原因を勘違いした沙耶があわてて断ろうとする。

「おいおい、クソ坊主。ここは男を見せるときだろうが」

ユウキの物怖じを正しく理解している湊は、ニヤニヤと見ている。

――他人事《ひとごと》だと思って。

湊を恨めしく見るユウキだが、状況が改善するわけではない。

「ねえ沙耶おねえちゃん、僕たちだけでいいのかな？　もちろん大丈夫だと思うけど、殺生石の検分なんてすごい責任重大だし、僕ちょっと自信ないよ。ここはほら、殺生石だって判断できる人がもう一人くらい欲しくない？」

「え、でも、あのとき現場にいた美咲さんは一般の方だから巻き込むわけには……。あっ！」

沙耶は握り拳を作って、机越しに湊に迫った。

「先生も殺生石見てますよね」

「知らん」

「一目見て、殺生石の弱点とか見抜いてましたよね」

「身に覚えがない」

「ビデオで拝見しました。しっかりと覚えてます。すごいです」

「人の話を聞け」

「お願いですから一緒に検分に来てください」

「断る」

珍しく沙耶がぐいぐいと押していく。

「検分なんて地味な仕事ですけど、ちゃんと謝礼もでますよ。怪異の格が格ですし、少なくない金額のはずです。先生も本物を見た一人なんですから。エアコンのローンが一気に返せます」

思いの外食い下がる沙耶に珍しく湊が折れた。

「ああ、わかったわかった。行けばいいんだろう」

どうせ苦しいならば道連れを作ろうというユウキの最低の策略は功をなした。確実に着実に湊の悪い影響を受けていた。

「本当に高い報酬が出るんだろうな」

「理彩姉さまと交渉します。たぶん大丈夫です」

沙耶は湊の事務所に毎日のように押しかける借金取りとのやりとりで、いつのまにか金銭の交渉が上達していた。沙耶は沙耶で、確実に湊に悪い影響を受けていた。

6

御蔭神道の修練場にたどり着いた理彩子は、運び出された殺生石の石群を目の前にして青ざめた。

「これはどういうことです!?」

岩の前に駆け寄ると、手を後ろに組んで満足げな顔をしているカオナシ様に立場を忘れて詰め寄った。

「集めた岩を組み立てるなど、なぜ。ばらばらに保管するよう手配したはずです」

殺生石の破片と言っても、それぞれが輸送ヘリで運ぶのがやっとの重さを有していた。大小合わせて二十以上の岩が組み合わさってできた巨大な塊は、見上げるほどの大きさになっている。

岩を見上げた理彩子は思わず生唾を呑み込み後ずさりしてしまう。殺生石から醸し出される威圧感は、その大きさ以上の圧力を感じた。

カオナシはゆっくりと振り返る。風で顔を覆っていた布がずれる。大きくくぼんだ目、深い皺、つり上がった唇。まるで物の怪のようだった。

こんな顔だっただろうか。理彩子の知っているカオナシ様はもっと穏やかな顔とたおやかな振る舞いをしていた。御蔭神道では珍しく湊のやり方にも理解を示してくれるお方だったはずだ。齢七十を超えるはずだが、いまなお五十代に見える若々しさを保っていた。

理彩子が目標とする人物の一人だった。

なのにいま目の前にいる人物は何者なのか。

理彩子が戸惑い息を呑んでいる間も、カオナシの背後では着々と集められた殺生石の修復作業が進められている。

「何をあわてている」

穏やかな声の面影はまるでなかった。奈落の底から響いてくるような、低く不気味な声をしていた。

「これがあわてずにいられますか。なぜ殺生石を修復しているのですか。いったい何が起こるかわかりません」

「何が起こるというのだね。ここは御蔭神道の敷地内でももっとも神聖な場所の一つ。それに幾人もの神官と巫女がいる。いくら殺生石といえども、何かが起こるはずもない」

赤すぎる唇が歪《いびつ》な笑みを浮かべた。

いくらでも起こりうる。起こらないと思うほうがおかしい。このカオナシ様はそこまで浅慮なお方であったか。落胆と違和感が渦巻く。何かよくないことが起きようとしている。

「万が一ということもあります。すぐにおやめください」

くぼんだ異様に大きい眼がじっと理彩子を見る。

「私のやり方に異を唱えるつもりかい？」

「それは……」

思わず目をそらしてしまう。

「しかし……」

顔を持ち上げた理彩子の目の前に、大きく目を見開いたカオナシ様の顔があった。いつのまに近づいたのか。息がかかるほど近くにある顔は、瞬き一つせず、じっと蛇のように睨んできた。

「しかし、なんだい？」

奇妙な角度に首を曲げて問うてくる。かしげているとは異質の何か。魚類のような無機質な眼差しを向けられると、気持ちを強く持っていても、心の奥底に恐怖が忍び寄ってくる。

「臆したね」

そう言って笑うと粘液のようなものが唇の隙間から垣間見えた。どうしようもなく生理的な嫌悪感を抱いてしまう。

――普通じゃない。

いまここでカオナシ様を止めないと大変なことになる。理彩子はカオナシの異変を伝えようと口を開こうとする。

「この者を捕らえなさい」

しかし先に言葉を発したのはカオナシのほうだった。

「残念なことに九尾の狐に取り憑《つ》かれておる。殺生石の討伐を邪魔立てしようとしている」

理彩子を指さし糾弾する。

わずかな躊躇《ちゅうちょ》が理彩子を窮地に陥れた。カオナシ様への憧憬が命取りになった。

すぐさまカオナシの命令に動いた神官が二人。どちらもカオナシに深い畏敬の念を抱いている。崇拝していると言っていい。

「待ちなさい。カオナシ様の様子がおかしいと思わないのですか？」

「言い分はあとで聞く」

聞く耳を持ってはくれなかった。

いまここでヘタに抵抗して動けなくなるのはまずい。いまはおとなしくしたがって機会をうかがうしかない。

しかしその前にどうしても急いで一つやらなければならないことがあった。沙耶に連絡を取り、ここに来てはいけないと伝えなければならない。

7

理彩子に何度か電話をしたが通じなかった。

「おかしいな」

伊織が首をかしげているのを、同行した三人の部下の一人が尋ねた。

「どうかしましたか?」

「いや、水谷さんと連絡が取れないんだ」

「山の中ですし、電波が通じないだけでは?」

「何年か前に水谷さんが先導して施設を整備して携帯電話を通じるようにしたと聞い

ている。現に我々は電話できてるじゃないですか」

御蔭神道の人間以外行くことのない山道だ。

七時間以上歩いてようやく目的の場所にたどり着いた。朝早く出たのだが、ついたときにはもう陽はずいぶんと高くなっていた。

修練場の入り口とおぼしき場所には、いかにも門番といった風情の神官が立っている。

警察手帳で身分を証明して中に入った。鳥居をいくつもくぐり石畳の道を行くと、一番奥に一人の人物がいた。

——あの方が理彩子さんが尊敬するカオナシ様か。

理彩子から聞いていた人物像とはずいぶんとかけ離れていた。厳しいカオナシ様が多い中、おだやかな人だと聞いていたが、少なくとも伊織の目には険のある人物にしか見えなかった。

「警視庁から派遣されました朝霧伊織です」

カオナシがじっと見つめてくる。顔全体は布一枚で覆われているので正確な視線はわからないが、それでも見られていると感じた。強いねめつけるような眼差し。正直、不快だった。

一言二言言葉を交わすと、離れて部下と合流する。

スマホを取り出して、アンテナの表示を見る。やはり聞いていた通り修練場は電波が届いていた。

「彼女はどこに消えたんだ」

準備で忙しく動き回っている人たちはともかく、警備で立っているだけの神官や巫女を捕まえて聞いてみても、部外者には教えられないと突っぱねられるだけだった。

「緘口令《かんこうれい》が敷かれてるのか」

人目のつかない林に入ると、スマホで部下にいくつかの指示を出す。

「これより殺生石の封印の儀を執り行う」

先ほどのカオナシの朗々とした声が聞こえてきた。

伊織は急いで広場に戻ると、殺生石の前に立つカオナシの姿が目に入った。そのまわりに人が集まっている。

「……始まるのか」

理彩子の行方《ゆくえ》はまだ報告がない。

8

「こちらです」

沙耶が足取り軽く山の階段を上っていく。

「あいつはなにをそんなに張り切ってるんだ。山猿だから故郷に帰れて嬉《うれ》しいのか」

遠ざかる背中を追いかける努力を放棄した湊は、拾った木の枝を杖《つえ》代わりにして呪《じゅ》詛《そ》の言葉をつぶやく。

沙耶が登っている階段はこの先もずっと続いていて、果てはもやの中に消えて見えない。

「がんばってください。もう三分の一です」

「残り三分の一か」

「いえ、三分の一登りました。残り三分の二です」

「おい、ふざけるな。どうしてこんな思いをしてまで登らなくちゃならないんだ。エスカレーターをつけるか車で行けるように道を整備しろ」

「それはちょっと。ここは修行の場ですから」

「こんなところ上り下りしてなんの修行になるって言うんだよ。怪異からの逃げ足が速くなるだけだろ」

「同感。総本山も似たようなものがあるよ。いまどき精神論と根性論とか意味わかんない」

「おまえは若いんだから、精神論を是とする小娘を根性で追いかけろ」

「おっさんこそ大人なんだから、もっとしっかりしてよ。身長比で考えたら、僕のほうが高い階段登ってるんだよ」

「その分おまえは軽いだろうが。身長比より体重比のほうが深刻だ」

「それを言ったら沙耶おねえちゃんは玄翁持ってきてるんだよ。あれ1キロくらいあるよ」

　ユウキは尊敬八割と呆《あき》れ二割といった感じだ。沙耶は一番重い荷物を背負っている。ユウキが言ったとおり、以前九尾の狐の一部を倒したときの本物の玄翁を持ってきているからだ。

　沙耶はその重さもものともせず、途中で二人を待っては何度も立ち止まり、時には駆け下りて二人に声をかけ、水を渡したり励ましたりしてはまた先に登っていく。

「あいつは泳いでないと死ぬサメかマグロなのか」

その様子を湊はあきれる余裕もなく見ているしかなかった。

それからおよそ五時間あまり、階段や山道を登り続けて、ようやく目的の場所にたどり着いた。

大きな鳥居が目の前にあった。

「ずいぶん大きいね」

見上げるユウキは言葉こそ感嘆のそれだが、口調にはまるで覇気がなく、ほとんどどうでもよさそうに聞こえる。

「はい、自慢の鳥居です」

しかし沙耶は人の言葉を悪くとらえることがない。

「大きく作りすぎだろ」

湊はストレートに文句を言う。

「ダメですか？」

「ダメに決まってる。遠くに見えてゴールは近いと思わせておいて、それからどれだけ歩かされたか。ほとんど詐欺だ」

「完全に言いがかりだよね。でも気持ちはわかる。わかりたくないけど」

鳥居が見えてからも三十分以上歩かされたのだ。もう少しだと思ったぶん、その三十分は気力も体力も削られた。

「ともかく入ってください。敷地内は清浄な空気で満たされていて、疲れも吹き飛びますよ」

沙耶は満面の笑顔で湊の背中を押した。さすがに毒気を抜かれて、揶揄するようなことも言わずおとなしく敷地内に足を踏み入れた。疲れて喋りたくなかったともいうが。

隣でユウキも同じタイミングで中に入った。

足は一歩目で止まった。

「どうです？　先生でもここの清廉な空気は感じるんじゃないですか。ユウキ君もどうですか？　総本山と比べて何か違います？」

後ろから目を輝かせて、二人の感想を待った。

「ああ、なんっていうか俺にでもわかるな、こりゃ」

「おっさんにもわかるなんて、相当だね」

二人の会話が緊張をはらんだものであることに気付いた沙耶は、首をかしげるしかなかった。

「二人ともさっきから何を……」

沙耶は二人に続いて鳥居をくぐって敷地内に入った。

「え？」

その一言を発したきり絶句してしまう。大きく見開いた目が、答えを求めて周囲を見渡した。しかし視界に映るのは山の木々と石畳の道くらいだ。

「そんな、そんなはずは……」

清浄な空気などどこにもなかった。感じるのは全身の毛が逆立つようなおぞましさ。

ユウキが今までとはうってかわった真剣な声で言った。

「この気配、覚えてるよ。殺生石、九尾の狐の気配だよ」


沙耶も同意して一つうなずく。

「ということは、御蔭神道が何かヘタうって、殺生石の取り扱いを間違ったんだな」

「理彩姉さまがやっているんです。間違いはないはずです。何重にも結界をほどこし、スピーカーや音の出る機材を運び、私たちが以前遭遇したときに使った音源も渡しています」

「停電になったら使い物にならなそうなのが多いな」

「あぁっ！」

ユウキが驚いた声を出す。

「な、何かあったの？」

ユウキの声に沙耶も驚く。

「僕たちが九尾の狐と戦ったあとでさ、おっさん得意げに俺なら狐の鳴き声を館内放送で流すって言ってたけど、あれって駄目だよね。電気もなにも通ってないんだから。悔しい、なんであの時言い返せなかったんだろう」

「おまえくだらないこと覚えてるな。それよりいまはこの状況だ。何か見落としたんだろう。肝心なところで間が抜けているのが理彩子だ。それか男に情熱的に言い寄られて、浮かれて仕事がおろそかになったかだ」

「そんな。理彩姉さまに限ってそんなことは」

「あるからいまここはこんなやばい気配が満ちてるんじゃないのか」

沙耶には返す言葉がない。どんな理由や経緯があったにせよ、この状況は普通ではない。

「さて、ここから取るべき行動が二種類ある。進むか戻るかだ」

「進みましょう。理彩姉さま達が心配です」

「本当にそれが正解か？　全員避難したあとで、俺たちだけがマヌケにも敵の胃袋に特攻するだけかもしれないぞ」

「誰かがいるかもしれません」

湊は気が進まないとばかりに頭をかいていた。

女性の悲鳴が聞こえたのはそのときだ。

「先生、やっぱり誰かいます」

「九尾の狐の罠《わな》かもしれないだろ」

「それでも誰かいるのは確かです」

湊はいつもより消極的な態度だ。

三人は木々に囲まれた石畳の道を急いで進んで敷地の奥へと向かった。途中いくつもの鳥居をくぐりぬけ、数百メートルは進む。

「あとどれくらいだ？」

「もう少しです。あの鳥居をくぐり抜ければ、その先に殺生石を保管してある広場があるはずです」

「やばい気配がどんどん強くなるよ」

石畳の先で誰かが倒れていた。

「さっきの悲鳴をあげた女か？」

「かもしれません」

「助けようよ」

沙耶とユウキが駆け寄って抱き起こすと、巫女はうっすらと目を開ける。

「大丈夫ですか。しっかりしてください」

巫女は力を振り絞って、敷地の奥を指さす。

「まだカオナシ様達が……」

それだけ言うと力尽きて、腕は力なく地面に落ちてしまった。すでに命は尽きていた。

「そんな……」

「一見したところ外傷はないな。毒か？」

殺生石といえば毒の大気をまき散らすことで有名だ。

「弔うのはあとだ。先に進むぞ」

さらに奥へ進むと、大勢の巫女や神官が倒れていた。一目で絶命しているとわかるほど、顔色は変色し、舌を出して死んでいた。

その中でただ一人立っている人物がいる。後ろに腕を組み、目の前の惨状にもうっすらと笑みすら浮かべていた。

「カオナシ様、ご無事でしたか！」

沙耶が駆け寄ろうとするのを湊が襟首をつかんで無理やり止めた。

「よく見ろ。あれはどう見てもやばいだろ」

カオナシの背後には家ほどもある巨岩が鎮座していた。巨大さからくる威圧感よりも不気味さが先立つ。

「滅ぼさねばならぬ！」

カオナシは両手を広げると、突然声高に叫んだ。

「おい、急に演説を始めたぞ」

沙耶は硬い表情でカオナシを見守る。こんな人ではなかったはずと、小さく口の中でつぶやいていた。

「滅ぼさねばならぬのだ！」

両手をふりあげて、天に向かって声高に叫んだ。口の端から泡がこぼれ、正気を疑いたくなる光景だった。

「なんか様子おかしいよ」

「はい、あのような立ち振る舞いをするお方ではありません」

カオナシは目を大きく見開き、さらに叫んだ。

「九尾の狐様のために、人間は滅ぼさねばならぬ！」

岩の上部が爆ぜるように割れた。無数の破片が四方に飛び散った。破片の一つ一つは当たり所が悪ければ人の命を奪いかねないほど大きかった。

破片の一つを肩に受けて片腕が動かなくなったカオナシは、それでも高笑して叫び続ける。

「ついに宿願成就のときが来たれり」

割れた岩の上部から何かが現れた。岩でできた獣の顔だ。人を丸呑みできそうなほどの口が開くと、鋭利な歯が顎の上下にずらりと並んでいた。

前足が現れたかと思うと岩の一片をつかみ一気に体を引っ張り上げる。胴に引き続いて後ろ足が現れたかと思うと、扇状に大きく広がる何本もの尻尾が現れた。

「九尾の狐……」

かつて対峙したことのある怪異を前に、しかし沙耶とユウキはただただ圧倒されていた。

九尾の狐の名の通り、九つの尾を持つ狐の姿をした怪異だ。以前遭遇した九尾の狐と同じく、殺生石から復活したためか石の体をしていた。

しかし以前遭遇した九尾の狐と一つ異なることがあった。体の大きさだ。見上げるばかりに大きく、その迫力は比べ物にならなかった。

「おお御神、九尾の狐様のご降臨が……」

恍惚《こうこつ》と語るカオナシに向かって口が大きく開いたかと思うと、あっさりと閉じた。首より上がなくなったカオナシの体は、血柱を吹き出しながら、ゆっくりと倒れていく。

「ああ、ああ……」

目の前で起こった出来事に沙耶は血の気を失う。

「仕留めるぞ」

湊が肩をたたいた。

その一言に沙耶の気持ちは落ち着きを取り戻す。梓弓《あずさゆみ》を取り出すと、髪をすくって霊力で作られた矢を生み出した。

「俺がスピーカーの電源を入れてひるませる。その隙におまえ達は、あの出来の悪い石の塊を仕留めろ」

「わかりました」

「今回で二回目だよ。楽勝だね」

示し合わせたわけでもないが三人は自然と左右に離れた。

すぐさまユウキは印を結び結界を構築する。怪異を阻む壁を次々と作り出す。一枚一枚は中程度の怪異なら押さえ込めるほどの結界。それを幾重にも次々と構築する。以前にも同じようなことをしたのを見たことのある沙耶だが、さらにその練度に磨きがかかっていることに舌を巻いた。

沙耶は怪異を牽制《けんせい》すべく梓弓をかまえて、狙いを九尾の狐に定め、弓を引き絞った。

九尾の狐は微動だにしない。久しぶりに目の前に現れた現世を懐かしんでいるのか、首だけは周囲を見渡していた。目の前の三人に興味がないように思えた。

九尾の狐は口を開けたかと思うと、何か咆哮《ほうこう》をあげた。耳をつんざくほどの鳴き声。とはいえ、やったことといえばただそれだけだ。

しかしユウキの結界の表面にヒビが入ったかと思うと、あっさりと砕け散った。才能と鍛錬が作り出した十数枚の壁は、ただの一鳴きで霧散した。

ユウキは崩れ落ちる結界の破片を呆然と見ている。その姿を九尾の狐は心地《ここち》よさそうに見ていた。人が絶望する姿が好きでたまらないという表情だ。狐のしかも石を荒削りした外見でありながら、歪な性根が垣間見えた。

時間にしてほんの瞬きの間の出来事だ。しかしそこに人の奸智《かんち》が滑り込んだ。

人間の絶望を甘露としている間に、沙耶は次の手に打って出ていた。否、最初から予定されていたことだ。

湊がスピーカーで九尾の狐の鳴き声を再生すると同時に、沙耶は矢を放っていた。軍事目的の潜水艦にはマスカーと呼ばれるソナー対策がなされている。空気の気泡を発生させて船体を覆い、ソナーの音響効果を阻止するというものだ。

沙耶が放った矢はそれに近い。

髪から作り出された霊力の矢は音を反射しにくい加工がなされていた。軌道を安定させるための風切り羽はなく、吸音材などに使用される多孔構造をはじめ、いくつもの工夫がほとんど無音に近く反響もしない矢を作り出した。

うなだれながらユウキは当たったと確信した。すべては九尾の狐に関心を払わせるための演技だ。

はたして沙耶の放った矢は、九尾の狐に命中した。前回のように寸前によけられることもなかった。岩の体といえども霊力の込められた矢は深く突き刺さる。

「やった！」

二人は同時に喜びの声をあげた。命中した首筋にヒビが入った。ヒビは徐々に体全体に広がっていく。

体中から破片がこぼれ落ちていった。割れた破片の内から赤い光があふれだす。前のめりに倒れた狐の顔が地面にぶつかって粉々に砕けた、ように見えた。

「え？」

しかし事実は違った。地面で砕け散った顔の破片の数は、その体積のわりにあまりにも少なかった。

それもそのはずだ。倒れたのはごく一部、体の表面だけだ。はがれるように落ちた岩の破片の下から、赤い光があふれ出す。

炎をそのまま固めたような、透き通った赤い体が現れた。

「綺麗……」

沙耶が思わずつぶやくほど艶やかなそれは、炎を連想させる赤い色をした半透明の体だった。

赤い体がのそりと動く。生まれたての動物のように、どこか動作が鈍く感じられた。

沙耶はすぐさま矢を何本も放つ。ユウキもいまが攻撃のチャンスだと悟り、ありったけの法力で炎を作り、解き放った。

何本もの矢が命中し炎に包まれた。しかしそれだけだ。矢はあっさりとはじかれ、炎は一瞬燃えさかったがすぐさま消えてしまった。

九尾の狐は微動だにせずその場に立っていた。否、表情だけに変化はあった。口角がわずかに持ち上がり、亀裂のような笑みを浮かべる。

体の表面にはいっさいの傷がない。目のいい沙耶にはそれがしっかりと見えていた。

「硬いの？」

かつて九尾の狐と戦った時は、石の体は貫くことができた。問題は素早い動きに当たらないことだった。霊力が込められた矢ならば、体の硬さなどさほど問題ないはずだった。

——格が違いすぎるの？

「逃げるぞ。そいつの体は普通じゃない」

湊が沙耶を止め、ユウキと二人の腕を引っ張った。

「ちょっと待って」

ユウキが術を展開する。

「でも結界は……」

効かなかったと言おうとして、ユウキが唱えている術が先ほどとは違うものであることに気付いた。

やがて術は完成し、ユウキはそれを解き放つ動作を見せる。しかし怪異に向かって何か攻撃が行われたわけでも、結界のように壁が作られたわけでもなかった。

「失敗!?」

驚く沙耶だがユウキの表情にそのようなものはなかった。それどころか、どうだとばかりに挑むまなざしで九尾の狐を見ている。

九尾の狐は三度口を開いて鳴いた。そのはずだった。

しかし鳴き声は小さかった。それどころかボリュームを絞ったようにさらに小さくなり、途中から完全に聞こえなくなった。

「よし、いまのうちに！」

ユウキがなにをしたのかわからないが、反響音から周囲の状況を把握する九尾の狐にとって、鳴き声が響かないのは視力を失ったも同然だ。

とまどうように周囲を見渡しているのを見届けて、三人は全速力で走った。

9

三人は全速力で走って逃げていた。すぐ背後に九尾の狐の姿がある。しかし追ってくる様子はなかった。

真正面から逃げているのに、気づいている様子はなかった。

「うまくいった」

ユウキは満足そうにうなずく。

「どういうこと？　九尾の狐はぜんぜん気づいていないみたいだけど」

三人が遠ざかるのを九尾の狐は黙って見送っているようにしか見えない。いや、何かに気づき鳴いているが、その鳴き声もなぜかどこか遠く聞こえた。

「大丈夫。いまのあいつには僕たちの姿は見えてないよ」

「でもどうやったの？」

「反響音に細工したのか？　鳴き声が小さく聞こえる。さっきの音を消すのどうやったんだ？　音の逆相を流したのか？」

「逆相ってなに？」

「音の波形を逆転させたものだ。だとしてもあそこまで完璧に音を消すのはむつかしいが」

「そんな器用なことできないよ。もっと単純、こうやったんだよ」

ユウキは空になったペットボトルを掌に載せて術を行使すると、見る間につぶれていった。

「ああ、確かに単純かつ効果的な力技だな」

「でしょ」

二人のやり取りを見ても沙耶は首をかしげるばかりだ。

「すみません。どうしてペットボトルがつぶれると、音が聞こえなくなるんでしょうか」

申し訳なさそうに小声で控えめに聞いてみる。

「音とはつまり空気の振動だ。つまり空気がなければ音は伝わらなくなる」

「あ、そうか。ユウキ君はペットボトルから空気を抜いたんですね。だからつぶれてしまったんですね」

「そういうこと。いまはペットボトルの中だけだけど、さっきは僕たちと九尾の狐の間に、空気のない壁のようなものを作ったんだ。だから鳴き声は僕たちのところに届かないし、反射して九尾の狐に返ることもない。音の反射しないエリアができるから不審がられるかもしれないけど、今回は完全にだませたね。へへ、なかなか考えたでしょう。けっこうがんばって修練したんだよ」

なかなかできることではない。ユウキの能力の高さに沙耶は感心するばかりだった。

「ともかくいまは非常事態が起こってることを御蔭神道に知らせないと」

いつのまにか空は暗くなっていた。しかし夜が来たわけでも分厚い雲がかかったわけでもなかった。なぜか見通せない。

しかしそれは空だけでなかった。周囲の様子も見づらい。もともと視界の開けた場所ではないが、それでも数百メートル先以上はかすんで見えないのはおかしかった。

電話をかけようとしたが、スマホのアンテナは圏外と表示されていた。

「おかしいな。来るときはアンテナ立ってたのに」

「ふもとに降りていけば電波も拾えるはずです。急いで引き返しましょう」

通ってきたばかりの石畳の道を引き返す。途中いくつかの鳥居を抜けたところで、

「おい、こんなに遠かったか」

「そんなはずないです。鳥居を七つ抜ければ、階段にたどり着くはず……」

しかしすでに倍以上の数の鳥居を駆け抜けた。

「おかしいよ。いくらなんでもこんなに長い道じゃなかった」

それでも走るのをやめるわけにはいかなかった。後ろからはいっさいの攻撃を受け付けない怪異が迫っている。

急に開けた場所に出る。降りる階段にたどり着いたか。焦っていたので鳥居の数を勘違いしていただけだろうか。

そんな安堵が芽生えたが、それもすぐに消え失せてしまった。

「どうなってるんだよ」

ユウキは目の前の状況が理解できずにいた。

大勢の人が倒れていた。それだけなら別に問題はない。いや人が倒れているという問題はあるが、理解できない状況とは異なるものだ。

「これって……」

目の前の広場に鎮座するものは理解の範疇《はんちゅう》を超えていた。

殺生石があった。

正確には上部が割れて抜け殻となった殺生石の残骸だ。

湊は慎重に距離を置いて、殺生石を回り込む。反対側には首のない死体が転がっていた。

「さっきのカオナシか」

いつのまにか先ほどの広場の裏側にたどり着いていた。

「道を間違ったの？」

一番ありそうなことだがしかし石畳の道はほとんど一直線で、殺生石の裏側に回り込むようなものではなかった。

「でも裏に回り込むような道はありません」

「可能性は三つだな。おまえがいない間に道が変わった。おまえの記憶力が怪しい。この二つなら問題ないが」

「私の記憶力が怪しいのは問題ないんですか」

「三つ目に比べればどうってことない。九尾の狐に空間を閉じられている。つまり閉じ込められたってことだ」


閉じ込められる。

その言葉に沙耶とユウキは青ざめた。かつて二人が殺生石と相対したとき、やはり安置されていた展示会場の公民館の中に閉じ込められてしまった。あのときは九尾の狐を退治するまで出ることはかなわなかった。

「もう一度、行きましょう。私が知らないうちに横道ができたのかもしれません」

三人はもう一度道を引き返した。こんどは慎重に横道にそれないように周囲の様子をよく見ながら進んだ。

しかし結果は一緒だ。再び広場の裏側に抜けてしまう。

「やっぱり閉じ込められたんだ」

ユウキはどこか諦念した口調だ。

「そんなことできるんですか？」

「おまえ達が以前戦った九尾の狐も建物から出られなくしたんだろう。今度の九尾の狐は、破片の一つじゃなくて本体だ。空間そのものを捻じ曲げて出られなくすることくらいやってのけそうだ」

湊は周囲を見渡す。やはり薄暗くて視界が悪い。２００メートル以上先はほとんど見えていないに等しかった。空を見上げても、太陽や雲は見えず、ただ暗闇が広がっているだけだった。

「あのときの九尾の狐より手ごわい……」

それは先ほどの遭遇で実感していたことだが、こうして言葉にするとさらにうすら寒くなり、沙耶は体をぶるっとふるわせた。

「もう一度、今度は鳥居の道にこだわらずに進んでみましょう。まだ出られないと決まったわけではありません」

沙耶は率先して先に進む。鳥居の石畳をはずれて、林の中を歩いていく。沙耶の足取りに迷いがないのは、知っている道だからだ。その姿は少しだけ二人に安堵をあたえた。しかしそれもほんのわずかな間だった。

「え、あれ、どういうこと？」

林を抜けて目の前に池が現れると、沙耶は完全に混乱していた。

「知らない池か？」

「いえ、知っています。これは禊池《みそぎいけ》と呼ばれています。ただここにあるはずがないんです」

「なんだ迷子か」

「だから違いますって。この池はどちらかというと、いま来た方向の正反対にあるんです」

そういっていま来た方角を指さす。

「反対側か」

風はまったくなく水面は穏やかだ。しかし鏡のような水面が映すのはどんよりとした雲か、まばらに生えている枯れかけた木ばかりで、綺麗とは言いがたい。

「あいつをここに落とすのはどうだ？」

「おぼれさせるの？　あれだけ大きいと深くないと無理なんじゃない？」

「ぬかるみに沈んで動けなくなるでもいいんだが」

「動けなくしてどうするんです？」

沙耶の疑問はもっともだ。動けなくしたところで、この空間から出られるわけではない。

「時間稼ぎにはなるだろう」

ともかく池を迂回《うかい》して進んでみようということになった。禊池は幅100メートルほどの小さな池だ。回り込むのはそれほど時間を要するものではない。しかしいつ九尾の狐が現れるかと思うと、気が気ではない。

怪異に見つかることはなかった。しかし遠くで木々を倒す音は聞こえてきた。

「大丈夫でしょうか」

沙耶が不安そうに音のした方角を見る。

「さてね。大丈夫じゃなくても池の向かい側だ。こいつが言ったように池が盾になる。ぐるぐるまわって逃げるか、池に入っておぼれてくれるか。まあなんとかなる」

おそろしくおおざっぱな対策だったが、それ以上になにもしようがないというのが事実だ。

幸い九尾の狐とおぼしき物音は三人に気付くことなく、木々の倒壊の音は遠ざかっていった。

池の周りは木々がなくて見晴らしがいいが、逆に言えば発見されやすい場所でもあった。三人は池から離れすぎない程度に林の中を進んでいった。

何事もなく池の向こう側にたどり着き、そのまま進むと、また広場に出た。

「またここか……」

湊はうんざりした様子だ。口にこそ出さないが沙耶やユウキも、疲れた表情をしていた。

「でも九尾の狐に会わないのは幸いでしたね」

元気づけようとしているというより、自分に言い聞かせている。

「そこそこ広いからな。向こうもまだ本気じゃないいんだろう」

「そこそこ広いって、どうしてわかるのさ」

ユウキはすでに愚痴っぽくなっている。

「さんざん歩いただろ。なんとなく地形は把握できた」

木の枝で地面に図を描く。周囲の地図だ。中央に広場、縦に石畳がしいてある鳥居の道、そして池をすみのほうに書いた。

「広さはだいたい1キロメートル四方くらいだな。いままで見覚えのない地形はあったか？」

「いえ、どれも見覚えのあるものばかりです。ただつながり方はおかしいですけど」

広場から出て鳥居の道をまっすぐ進んでもまた広場に戻る。道をそれてもいつのまにか戻っていて、反対側の池に出てしまう。

「俺が書いた地図も、記憶の通りか？」

「はい、およそそんな感じだと思います。ほかにはいくつか建物と……」

湊の地図に沙耶が少し追加する。

「もともと修験の場でしたから人の手が入った場所はあまり多くないんです。自然崇拝の側面が色濃く出ています。寝泊まりできる小屋なんかもあったんですが、古くなって撤去されました。涸《か》れ井戸が名残として残っているくらいですね。ほかには先ほどの禊池。冬場に池の中に入らされる修業はさすがにきつかったです」

「俺なら即やめるな」

「僕も……」

「でも慣れると楽しいですよ。どこまでいけるか自分の限界に挑戦するんです」

二人から異星人を見る目で見られて、沙耶はさらに力説する。

「本当に楽しいんですよ」

「女の人はあんまり体を冷やしちゃダメって、おばあちゃんが言ってた」

「まあこの脳筋バカは置いといて、いまは状況の整理でもするか」

ユウキからはおばあちゃんの知恵袋を出され、ミナトには脳筋と言われてしょげる沙耶だったが、すぐに頭を切り替える。

「そうですね。いま現在わかっていることといえば、相手は九尾の狐であること。でも前に遭遇した九尾の狐とは別物だということでしょうか。体は四倍くらい大きいですし。しかも弓矢も通りませんでした」

「あらゆる攻撃が無効って感じだった。あんなの反則だよ。なんなのあの赤い体」

「あれは鋼玉《こうぎょく》だ」

憤慨しているユウキに、横から滑り込むように湊が言葉をはさんできた。

「鋼玉ってなんですか？」

聞きなれない言葉だ。

「ルビーやサファイアのことだよ。これも女なら覚えておけ」

鋼玉と言われてルビーを連想する女性のほうが少ないのではないかと文句を言いたかったが、いまはぐっと言葉を呑み込む。

「昔は日本でも採掘できたんだよ。ルビーもサファイアも鉱物的には同じものだ。鋼玉は混じっている不純物でルビーよりかサファイアよりか決まる。まああいつは検討するまでもなくルビーだな」

「そんな体にして、こけおどしのつもり？」

　ユウキは半ば強がるように鼻で笑う。

「違う。あれは実用性を考えての変化だろう」

「ルビーのどこに実用性があるんだよ」

「歴史的に見れば宝飾品ではなく、もう一つの役割がある。研磨剤だ。鋼玉はダイヤモンドの次に硬い鉱石だ。今回、一番大きい殺生石が発見された福島《ふくしま》には、かつて鋼玉の鉱山があった」

「硬い……」

　矢がはじかれた沙耶はもっとも実感していることだ。

「矢で射られ、玄翁で砕かれた。そんな無念がもっと強い体を欲したとき、この国で採れる最も硬いものに変化したんじゃないか。ここがアフリカやインドじゃなくてよかったな。ダイヤモンドの体になったら、なおさら手が付けられない。ただその場合は熱に弱くなるか。鋼玉なら熱にも強い。ほう、バランスを考えると鋼玉の体はなかなかいい選択だな」

「感心している場合ではありません。霊力や法力も効かないなんて。硬いから物理的な攻撃手段も無理ってことですよね」

「まあ強敵だな。なにせパワーアップした九尾の狐だ」

「そんなに強敵かなあ」

ユウキが二人に異を唱える。

「僕たちはあのダイダラボッチだってなんとかしたんだよ。あれに比べれば九尾の狐はたいしたことないんじゃない？」

以前倒したことのある怪異というのもあってか、ユウキの中での評価は低かった。

「ダイダラボッチのときと違って、なんの準備もできないけどな。警察や自衛隊、はてはヨーロッパの研究機関ＣＥＲＮまで協力をあおいでやっと倒せたんだ」

「そうですね。先生の解決方法って、なにか準備を必要とするものが多いです」

「最悪なのはここは閉鎖空間で山の中で、準備もなにもできないってことだ。この条件を加えると、九尾の狐はダイダラボッチより手ごわいかもしれないぞ」

重苦しい沈黙が流れる。

「まずは手分けして調査しない？　元の場所とどれくらい違いがあるのかとかさ。本当の広さはどれくらいとか。抜け出すことはできないのかとか。ほかにも生きている人がいるかもしれないよ」

ユウキは努めて明るく言う。すぐ同調しそうな沙耶はしかし暗い表情をしていた。

「あの一つ気になってるんですけど……。というか気づいちゃったんですけど……」

「自分が脳筋バカだってことがか？」

「それはもういいんです！」

一瞬だけ声を張り上げたが、すぐに袴を握りしめて目をそらすとつぶやくように語りだす。

「もしかして九尾の狐に狙われているのって、前に遭遇したとき戦った私とユウキ君、いいえ、直接手を下した私なんじゃないでしょうか。一番恨まれているのは。この場に呼ばれたのは私ですから」

「そんなの絶対違うよ！」

ユウキがすぐさま否定した。

「そうか？　意外といい線いってるかもな」

「おっさん！」

「まあ恨まれてるのはユウキも一緒だろうな。俺は純粋にとばっちりをくらった哀れな被害者だ」

沙耶はますますうなだれてしまう。

「ですので、これから先、私と一緒に行動するのはやめたほうがいいんじゃないかと……。九尾の狐に狙われる可能性が高いです」

うつむいている沙耶の頭を湊は容赦なくはたく。

「あほか。じゃあなにか、俺が一人で行動してるとき九尾の狐に遭遇しても、仇《かたき》じゃないから見逃そうなんて言ってくれるのか。あのマヌケなカオナシと同じように、頭から食われておしまいだ」

あまりに痛かったので涙目になっていた沙耶だが、湊の言葉はもっともだと理解する。

「その理屈でいえば、おまえ達と行動してるほうが安全なんだよ。いざとなったらおまえ達をおとりにすれば逃げられる」

「うわ、最低最悪の理屈を悪びれもせずに言ったよ」

「それにおまえ達なら怪異の気配が俺より先にわかるだろ。回避するのも確実だ」

湊はどうだとばかりに言ったが、沙耶とユウキは顔を見合わせて微妙な表情をするだけだ。

「怪異の気配を感じることができるんだろう?」

やや焦り気味で問いかけてきた。

「例外はあるけどね」

ここ何件か例外ばかりに遭遇している。

「でも九尾の狐ほど強力な怪異の気配を隠すのは不可能だよ」

沙耶はうかない顔をしていた。ユウキの言葉に異を唱える表情ではない。それでもなお懸念を抱いている顔だ。

「消すのは不可能か。含みのある言い方だな」

「逆のパターンでわからなくなる。怪異の密度が濃すぎるんだ。まるであいつの体内にいるみたいだ」

九尾の狐がこの結界を作ったのなら、空間全体に気配が漂っているのは道理だ。

「怪異の気配がしすぎてわからないってことか」

「まったくじゃないけど。気配の濃い薄いはあるから。でも判別しにくいんだ。だから確実じゃない」

「要約すると、おまえ達はおとりに使う以外は無能ってことか？」

「誰がだよ。だいたい何もできないおっさんのほうが無能じゃないか」

「他人の欠点をあげつらえてばかりだと、ろくな大人になれないぞ」

「そうだね。おっさんみたいな大人になりたくないから気をつけるよ！」

二人のやり取りを聞いていると、絶望的にも見えるこの状況が、なぜかいつもの事務所にいるような気持ちになってくる。

「先生、これからどうしますか？」

明るい顔で問いかける沙耶に、湊は心底いやそうな顔をする。

「俺がこの世で一番嫌いな手段をとらなくちゃいけないのは、非常に不本意だ」

「どういう方法ですか？」

「地道に足で稼ぐんだよ」

二人の子供はとても納得した顔でうなずいた。

10

理彩子は牢《ろう》の中でじっと座って待っていた。

皮肉にも理彩子が閉じ込められた牢は、一年前沙耶が幽閉された牢と同じ場所だった。高い壁の上に申し訳程度に小さな明かり窓がついている。

一年前、沙耶はどんな気持ちでここにいたのだろう。そう思うと当時の自分のふがいなさに歯嚙《はが》みする。

そしていまもなにもできずに牢に閉じ込められている。

──このままだと沙耶やユウキ君が。

あのカオナシ様は異常だった。おそらく取り憑かれている。殺生石の気配にまぎれてわかりにくかったが取り憑かれている可能性が高い。

あの場に行くのは危険だ。しかし連絡の手段がまるでない。

誰も牢に面会にこない。子飼いの部下が様子を見に来ることもない。そこから押さえられているとなると、事態は思った以上に深刻のようだ。

「誰かあああ！」

何度か叫んでみたが、見張りの人間が様子を見に来ることすらなかった。このままここで何もできず、手をこまねいているしかないのかと思うとぞっとした。

何か出られる方法はないか牢内を動き回ったが、もともと広い場所でもなく物もほとんどなく、出る方法はないという結論に達するのは早かった。

何度か力任せに牢の格子を揺らしたが、びくともしない。木製といえども、人の腕ほどの太さもある。

何度もあきらめずに揺らしたり体当たりしたりする。どうせ叫んでも人が来ないなら、多少手荒な手段を用いたところで問題ない。

格子と三十分ほど格闘をしていると、建物の奥から人の足音が聞こえてきた。さすがにずっと騒いでいるのをみかねたのか。

それならそれでいい。交渉の手段ができる。

しかし降りてきたのは牢の見張り番ではなかった。神官の服こそ来ているが、立ち居振る舞いに違和感がある。すり足に近い足の運び方をしていなかった。なにより表情が違う。

「あなた、御蔭神道の人間ではないのね？」

牢の前で神官が止まるのを見計らっていきなり質問をぶつけてみた。

神官らしからぬ堂に入った敬礼をすると、いたずらっぽく笑った。

「警視庁の長谷田です」

「もしかして朝霧さんの？」

「はい、部下になります。殺生石まわりがきな臭いことになっているので、こちらのほうも探ってみろと。案の定、大変なことになっていました」

ひとまず安堵する。自分以外にも異変に気付いている人がいる。それが伊織であることはとても心強かった。

「未来の警視総監の奥方をこのような場所に閉じ込めておくわけにはいきませんので」

「ちょ、ちょっと！　奥方っていうのは……！」

「失礼しました。未来の奥方ですね。いまはまだ婚約者でした」

婚約もした覚えがない。しかしここで誤解だとわめいて無駄に時間を食ってしまうのもばかばかしかった。それよりも確認しなければならないもっと大事なことがある。

「いま修練場はどうなっていますか？　それと私の姪があそこに向かっているはずなんだけど」

「山神沙耶さんでしたら、男性と子供の三名で修練場に向かっていたという情報はつかみました」

伊織の部下は予想以上に優秀だった。おそらく同行しているのは湊とユウキだろう。ユウキはともかく湊が一緒なのは意外だった。

「ただ、そこから先の足取りはつかめていません」

「どういうこと？」

そこに長谷田のスマホが鳴った。

「様子を見に行った仲間からです」

そう断りを入れてスマホを手に取った。

「なんだって？」

長谷田の顔色が変わる。

「修練場がもぬけの殻？　誰もいない？　場所を移動したんじゃないのか？」

『そうではないようです』

途中から通話をスピーカーに切り替えて、理彩子にも聞こえるようにしてくれた。

『殺生石もなくなってるんですよ。あんな大きな物、短時間で移動できるはずがありません』

「殺生石もなくなった……」

なにか大変なことが起こっている。

それだけは確かだった。

11

「奥がよく見えないな」

のぞき込んでも井戸の底は真っ暗でなにも見えなかった。懐中電灯で照らしてみても結果は一緒だ。井戸の底に向かうにつれて光は急激に弱くなり、わずかばかり奥を照らす程度にとどまっている。

周辺の調査でいきついた場所の一つに古井戸があった。いまはもう使われていないという話だったが、念のための調査対象になった。

「おっさんのライトしょぼいね」

「馬鹿いえ。１０００ルーメンの軍用ライトだぞ。数百メートル先まで届く代物だ。おかしいのは井戸のほうだ」

「そんなのわかってるよ」

沙耶もユウキも井戸をのぞき込む。

「底に水はあるんでしょうか？」

「そもそも底ってあるのかな」

「しかたない。原始的な方法で調べるとしよう」

湊は小石を拾うと、井戸の底めがけて手を放した。石はすぐさま暗闇にのまれ消えてしまう。

「……３、４、５」

湊が落下時間をカウントしつつ耳を澄ましている。他の二人も底がどうなっているのか、同じように見守っていた。

「７、８、うがっ！」

突然、湊が頭をかかえて地面をころげまわった。

「先生！」

「まさか怪異がきたの！」

「誰だ俺の頭を殴ったやつは。シャレにならない痛さだったぞ」

実際、頭から血が出ていた。しかし大事に至ってない怪我で二人はほっと胸をなで下ろした。

沙耶がそっとさわると大きなたんこぶができている。

「痛そうですね」

「実際、痛いんだよ。この状況でこんなシャレにもならないジョークをかますなんて、ずいぶんと余裕じゃないか。誰だ？　普通にユウキか。ダークホースで沙耶だ」

「もちろん私ではありませんし、ユウキ君でもないと思いますよ」

湊は不信感たっぷりに沙耶を見た。

「ダークホースってのがじつは一番怪しいんだよな」

「それじゃもう第一容疑者ですよね。だいたい私に先生を殴る理由がありません」

「あるだろうが。ユウキ、気をつけろ。次に狙われるのはおまえだぞ」

「なに馬鹿なこと言ってるんだよ。怪異があばれた時に飛んだ石が、おっさんの頭にぶつかったんじゃないの？」

ユウキが湊に差し出した石には赤い血がわずかに付着していた。

「これがぶつかったんだよ」

不機嫌だった湊の顔は、石を受け取ると真顔へと一変する。

「いま怪異は近くにいるのか」

「音もしないし気配もないからけっこう遠いと思うけど。たしかに怪異がとばしたってのは無理があるけどさ、誰かがこの石でおっさんを殴ったなら、僕たち気付くよ」

湊は無言のまま、井戸に近づくと、石を投げ入れた。

「どうして捨てるんだよ。せっかく見つけてやったのに」

「また実験ですか？　さっきは途中でわからなくってしまいましたけど」

井戸をのぞき込もうとする子供二人を手で制して、湊は井戸の底ではなくじっと空を見ていた。

石を投げ入れておよそ8秒程度経過したとき、空から何かがふってきた。湊がすかさず手のひらで受け止めると、ばちんと衝撃音が鳴り響く。

「いってえ。落下速度考えるんだったな」

湊は受け止めた手のひらを痛みで振りながら、いま落ちてきたものを二人に見せた。

「なにが落ちてきたんですか？」

「また石？　ここって石が空からふってくるの？」

「よく見ろ。ただの石じゃない」

石には赤い液体、血が付着していた。

「これって……」

「そうだ。これは最初に俺が井戸に落とした石。そして俺の後頭部にぶつかった石。たったいまもう一度井戸に投げた石だ」

それが空から降ってきた理由を全員がおぼろげながら察する。

「空間が平面的に上下左右つながっているなら、立体的に上下もつながっているわけか。井戸に落としたものは空から落ちてくるか」

湊はじっと空を見上げて何かを考えているようだった。

同じように空を見上げていた沙耶だが、ふと周囲を見渡して首をかしげた。

「どうしたの？」

「いま何か聞こえませんでしたか？」

耳に手を当てて周囲を見渡したが、もうなにも聞こえない。もとよりさほど自信があるわけではなかった。

「頭を打った俺じゃなくておまえが幻聴を聞いてどうするんだ？」

「聞こえたと思ったんですけど……」

――……ますか。……ますか。

かすかだがどこからか、か細い人の声が聞こえてきた。三人はすぐさま、声のするほうへ走っていった。


一目で九尾の狐が通った後とわかる場所だ。木々がなぎ倒され、石の体の足跡は深く地面にめり込んでいる。

めり込んでいるのは土だけではなかった。腹から胸にかけてつぶれている死体が、半ば埋もれていた。スーツ姿で、御蔭神道の人間には見えなかった。

「これって……」

「踏みつぶされたんだろうな」

「さっきの声って、この人……」

「なんだ幽霊の声だっていうのか」

「いえ、違うと思います」

そのとき再びどこかから人の声らしきものが聞こえてきた。しかし湊達三人以外、ぎれとぎれだ。

人の姿はどこにもいなかった。それに人の声にしては変だ。かすれていて不明瞭でと
「感度の悪いラジオみたいな声だな」

湊が死体のまわりをさぐると、その手にトランシーバーを持っていた。

『聞こえますか。無事なら返事をしてください』

ふさがれていたスピーカーが開放されたことによって、不明瞭だった声がずいぶん
とクリアになった。

「はい、こちら九尾の狐に踏みつぶされた死体です」

トランシーバーを拾った湊の第一声に、沙耶はため息をつき、ユウキはあきれ返る。

「この状況でよくあんな悪趣味な冗談言えるね」

トランシーバーの相手は言葉に窮していたのかしばらく黙っていたが、

『その声は、もしかして九条湊さんですか』

と意外な問いかけをしてきた。

「そういうおまえは誰だ？　男と知り合った覚えなんかないぞ」

本当にマイペースだ。いまが非常時であることも、足元に無残な死体が転がってい
ることも忘れてしまいそうになる。

「ねえ、もしかしてこの前の人じゃないの？」

「そうです。朝霧さんです。この声は朝霧伊織さんですよ」

ユウキは自信なさそうだったが、沙耶は接していた時間が二人より長いせいもあってか声に自信があった。

「朝霧伊織？　誰だそりゃ？」

本当にわからない顔をする湊に、子供二人はあきれるしかなかった。

「あれだけ邪魔しておいて……」

「理彩姉さまかわいそう」

「なんで理彩子の名が……、ああ、思い出した。あの真面目しか取り柄のなさそうな見合いの相手か」

『朝霧伊織ですよ』

声が怒りで震えているように聞こえるのは気のせいだろうか。どうか気のせいでありますようにと願う沙耶だったが、

「しかし声だけ聴くと本当に誰が誰だかわからないな。影が薄すぎるぞ」

湊はそんな願いなど知る由もなく、暴言を吐き続けた。

『さっき気になることを言ってましたね。つぶされた死体がどうとか』

伊織の態度は大人だった。からかう言葉にはまったくのらず、単刀直入に尋ねてきた。

「はい、スーツ姿の男性です」

『そうですか……』

亡くなった男性が伊織の知人、おそらく警察関係者だと察することができた。

『僕が把握している状況を伝えておきます』

伊織が沈んだ声をしたのはほんのひと時だ。すぐに気持ちを立て直したのか落ち込んでいる暇はないと割り切ったのか、淡々と語りだす。

『元凶はカオナシです。いえ九尾の狐に魅入られたのですから、正確には九尾の狐なのでしょうが。最初にカオナシの異変に気付いたのは水谷さんらしいのですが、そのため捕まってしまって、下山させられいまは牢に閉じ込められているという話です。ただいまの状況を鑑みると、それはそれで運がよかったのかもしれませんね』

沙耶は胸をなで下ろした。

「間抜けな奴だな。カオナシの裏切りに気づいてたなら、もっとうまく立ち回れよ」

『それは酷でしょう。相手は九尾の狐。大昔より権力者に取り入り人心を操ってきた大妖怪です。霊能者にさとられないよう、人の心につけこむ手段は心得ている』

「そんなもんかね。まあいまさら死んだ人間のこと、とやかく考察しても時間の無駄か」

『死んだ？　カオナシ様がですか？』

「目の前で九尾の狐にぱくっと頭を食われたぞ」

『まさか……。いや当然の結末ですか。だとしても哀れなものですね。話が長くなりそうです。我々と合流しませんか？』

「我々？」

『こちらは生き残った神官や巫女達が何人かいます。いまはできるだけまとまって行動したほうがいいでしょう』

「どうかな。ひとかたまりになってると、全滅するときはあっさり全滅するぞ」

『こちらは殺生石のある広場の奥に入って100メートルほど進んだところから、道をはずれて右手に進んだところです。そばに池があるので、土地勘のある沙耶さんなら、場所がわかるのではないでしょうか』

「人の話を聞かないやつだな。合流するとは一言も言ってないぞ」

『しかし現状を鑑みるに……』

伊織の声が途中で聞こえなくなった。通信が切れたわけではない。トランシーバーのスピーカーから甲高《かんだか》い音が流れて、伊織の声を打ち消したのだ。ジェット機のエンジン音のトーンをあげたような人工的な音だ。

「なんの音だ？」

返事はこない。

「なんの音だと聞いてるんだ」

『前言撤回します。合流はやめましょう』

伊織の声にかぶさるように、今度は別の人間の悲鳴が聞こえてくる。

『なんだ、あれは……。わ、うわ、うわあああっ！』

悲鳴は一人だけではない。トランシーバーはほかの悲鳴をいくつも拾った。

甲高い音と同時に木々が揺れる音、いやそれでは生易しい破壊音がいくつも重なる。

しかし騒がしかったのは最初の十数秒だけだった。すぐに何も聞こえなくなった。

木々の音も人の声もいっさいがしなくなった。

「おいどうしたんだ。応答しろ」

いくらよびかけても、トランシーバーが発するかすかな雑音以外はなにも聞こえなかった。それでも湊は電源を切らずに呼びかけていた。雑音以外が聞こえたのはそのときだ。

重たい足音。しかし歩調のリズムは人のそれとは違った。

「人じゃないな」

「ではまさか……」

湊と沙耶のやり取りに答えるように足音以外の音が聞こえてくる。

『ケ――――ン！』

九尾の狐の鳴き声だ。それを最後になにも聞こえなくなった。

「先生、助けに行きましょう」

最初に切り出したのは沙耶だ。

「もう手遅れだろう」

「そうと決まったわけじゃありません。池の場所ならわかります。すぐに行きましょう」

「九尾の狐の手がかりがあるかもしれないよ。様子だけでも見に行ったほうがいいと思う」

子供二人に詰め寄られて、湊はしかたないとでも言いたげに肩を落とした。

12

沙耶の案内で池の場所に向かうことになった。しかし案内はさほど必要ではなかっ

た。それ以上に目立つものが、三人の目の前に広がっていた。信じられない光景に絶
句するしかなかった。
「ここでいったい何が……」
ユウキは目の前の状況が理解できず、ただただ茫然としていた。沙耶も、湊さえも
目の前の光景を前に言葉を失っていた。
100メートル四方の木という木がなぎ倒されていた。その数はおよそ数百本はあ
る。倒壊した木と木の間に埋もれるようにして、人の死体が散らばっている。
そのほとんどは体が真っ二つになったむごたらしいものだった。二つに分かれてい
るのは人だけではない。木もなぎ倒されたようなあとではなく、木の幹を地面に残し
て、倒れていた。人と同じく切断されたのだ。
「いったい何が起こったっていうんだ」
怪異に殺された死体を何度も見てきた。しかしその中でも目の前の光景は異質だ。
むごたらしい死体は怪異のしわざと納得できるようで、なにか普通とは違う不協和音
のようなものを感じた。
「これは、人も木も見境なく切りまくったということでしょうか。鋭い刃物のような
もので」

死者を悼み黙とうをささげた後、沙耶は気持ちを切り替えて状況分析をする。

「それはどうかな。刃物なら切断面が焼けこげたりしないだろう」

「摩擦熱かもしれません」

「どうだろうな」

沙耶に異を唱える湊だが、表情にはわずかながら苦慮が見て取れる。湊もまた目の前の現象を説明しきれずにいた。

「その根拠はなに？」

「あのとき人の悲鳴はほんの少ししか聞こえなかった。戦っている様子すらなかった。もし刃物を持った怪異なら、一瞬で全員がやられるなんてことはないんじゃないか」

「でも先生、九尾の狐はとても素早かったです。あの速度で刃物のようなもので暴れたら、一瞬でこのようになるのではないでしょうか」

「僕もそう思う。爪の跡には見えないから、しっぽが刃物に変形したんじゃないかな」

「ともかく生存者を探しましょう。朝霧さんも心配です。私たちも九尾の狐に遭遇したら、気を付けないと」

三人はその場で離れて生きている人間がいないか探し回った。しかし一人として生きている人間はいなかった。ほとんどの人間は腹か胸のあたりを切断されていた。

周囲を見て回ったが生存者は一人もいなかった。死者は全部で六名。その中に伊織の姿はなかった。

「みんな手遅れだね」

「でも朝霧さんの姿もありません。逃げ延びた人もいるはずです」

ユウキたちが話している間、湊は周囲を回って奇妙なことをしていた。切断された木の幹に近づいては、片足をのせていた。それ以外、調査らしい調査はなにもしていなかった。

「おっさん、この状況でまさか遊んでないよね？」

「調べてるんだよ」

湊は林の奥のほうまで足を延ばす。

沙耶とユウキは顔を突き合わせて、それぞれ気づいたことを報告しあう。

「切断面がおそろしく綺麗でした。どれほどの切れ味を持っているのか」

「鋭い刃にスピード。気を付ける必要がありそうだね」

そこに湊が戻ってきた。遅かったのは木が倒れているところを一通り見て回ったからだ。

「生存者はいましたか？」

「ん？　そんなもの探してないぞ」

「おっさん、その言い方はないよ。大人なんだからさ。僕たちに手本となるべき行動を見せてよ」

「反面教師ってやつだ」

「あっ、ダメだという自覚はあるんですね」

「そんなことよりおまえら、まだ刃物だとか言ってるのか。その説に大きな矛盾があることを教えてやるよ」

　木の幹を蹴飛ばす。

「何かわかったんですか」

「少なくとも尻尾が刃物に変形して猛スピードで斬ったなんて絵空事が間違ってるくらいのことはな」

「なんだよ。おっさんは九尾の狐にあったことないから、猛スピードで一瞬で斬ったなんて信じられないだけだ。僕や沙耶おねえちゃんはこの目で見てるん……」

「高さが一定なんだよ」

　湊の不可解な言葉に、二人とも顔を見合わせた。

「高さって、なんの？」

「斬られた木の高さだ。どれも高さ80センチ前後だった。もし九尾の狐が刃物のようなものをもって暴れたとしたら、律儀に切る高さをそろえたのか？」

「それは確かかなんですか？」

「疑うなら自分で調べろ」

沙耶は周囲を見渡す。倒れた木の枝に邪魔をされて全景を把握するのはむつかしい。しかし目の届く範囲に見える木の幹は、確かに湊の言ったように一定の高さをしているように見えた。

「高さが一定なのはわかったけど、でもなんの意味があるの？」

「理由があるから一定なんだ」

「先生、こちらに九尾の狐の足跡があります」

沙耶が見つけた足跡の場所がちょうどなぎ倒された木々が一望できる場所だった。

「ほかの足跡は？」

「ここだけです」

湊は足跡と同じ場所に立つと、

「これは……」

湊が何か見つけたのかと思い、沙耶は同じ方角を見る。ユウキも釣られるようにして見た。三人の目には同じものが映っていた。

禍々しく赤く光る巨大なものがたたずんでいた。九尾の狐は三人の姿を見ると、口元を歪めた。笑っていた。


「ユウキ、結界を斜めに展開しろ！」

「言われなくてもやるよ！」

ユウキが術を唱えると、結界の壁を角度をつけて何枚も展開した。九尾の狐の力を正面から受け止めるのではなく、受け流す姿勢だ。さらに三角形を組み合わせたトラス構造で補強する。精度と速さの両方を求められる。

「前回はこれでけっこう耐えたんだ。あのときよりもっと強化しているぞ」

結界がまるで水の波紋のように広がっていく。もはや芸術の域だ。強力な怪異との戦いの数々は、天才少年をさらなる高みへと導いた。

「これならいける！」

ユウキは九つの尾のどれか、あるいは全部が刃物に変形するに違いないと思っていた。それならどれだけ鋭くても、一撃でこの結界を破ることはできない。

沙耶は爪を警戒していた。

しかし九尾の狐が最初に行った動作は、いずれの予想とも違うものだった。四本の脚は広く力強く大地を踏みしめ、その場にどっしりとかまえる姿勢をとった。そして口を大きく開く。

「なにをするつもりだ？」

赤い体が燃えるように輝きだす。同時に甲高い音がどこからか聞こえてきた。音はさらに高くなっていく。それと呼応するように九尾の狐の体は輝きを増していった。

「なにをするつもりなんだ？」

頭が痛くなるような音に耳をふさぎ、子供二人は九尾の狐を警戒した。

「おいおい待てよ。体がルビーだからってそれはないだろ！」

ただ一人、湊だけはいま起こっている現象の意味を理解する。

その驚きようは尋常ではなかった。

「伏せろ！」

警告の声は甲高い音にかき消されて、二人の耳には入らない。湊は子供二人の頭をつかんで力任せに倒すと、自分も地面に伏せた。

その瞬間、世界が赤く染まった。

見えたのはほんの一瞬。赤い光のようなものが視界の隅をよぎった。ただそれだけだ。

光が見えたのと同時に林の中が騒がしくなる。周囲の木々が傾き倒れていく。何重にも展開した結界が一瞬にして紙のように切り裂かれた。

「いったい何が……」

倒れる木々を見て沙耶は呆然とする。九尾の狐は刃物らしきものは出していない。それどころかその場から一歩も動いていない。

なのに自分たちの後方にあった木々がことごとく音を立てて倒壊していく。理解しがたい光景が広がっている。

一つだけわかるのは湊の行動があと一歩遅かったら、三人とも先ほど見た死体と同じになっていたということだけだ。

「僕の結界が……」

あっさりと裂けてしまったことに少なからずユウキはショックを受ける。自信が砕かれたことより、それ以上に九尾の狐の攻撃を防ぐ手立てがないことに言い知れぬ恐怖を覚えた。

「くそっ、あんな攻撃をしかけてくるか。いくらルビーの体でも反則だろ」

湊の物言いはすでにいまの攻撃がなんであるか見抜いているようだ。

「先生、いまのは？」

「レーザーだ。あいつはルビーレーザーを撃ったんだよ！　まったく畜生のくせに自分の体の性質をよく理解してやがる」

「レ、レーザー？」

怪異とはまるで無縁に思える言葉に、聞いていた子供二人はとまどっている暇もなかった。再び甲高い音が鳴り響く。

「次がくるぞ！」

ユウキはすかさずあらゆる法力で攻撃をした。少年の得意とする灼熱の炎をものともせず、不動明王《ふどうみょうおう》の羂索《けんじゃく》で縛り動きを封じようとしても、微動だにしなかった。沙耶は開いている口めがけて何本も矢を放ったが、むなしくはじかれるだけだ。

いかなる攻撃手段も中断させるにいたらなかった。

「ユウキ！　足元を狙え！」

音は限界まで高くなり発射寸前だった。ユウキはすぐさま湊の意図を察して、五行の術で土を操り、九尾の狐の目の前に土壁を作る。しかし発射されたルビーレーザーは、そんなものは存在しないかのように土壁をあっさりと貫通した。

レーザーは薙《な》ぎ払うように左から右へと、湊たちの足元を狙いすべてのものを切断していった。伏せてかわすには低すぎる軌道だ。飛び越えることは可能かもしれないが、少しでもタイミングがずれれば、アウトだ。

湊たちのすぐ真横までレーザーは木々を薙ぎ払いながら近づいた。かわすすべはない。三人はその場を一歩も動けずにいた。

九尾の狐の顔が歪な笑顔になる。他者が恐怖することに喜びを見出す邪な笑みだ。

コンマ数秒後、湊達はレーザーをかわせず切断される。未来はほぼ確定していた。

だが、何が起こったのか三人に1メートルの距離まで迫った直後、突然レーザーの軌道が急に傾き、上に流れた。

九尾の狐はなぜか、体が傾きそのまま横転した。

「やった！」

九尾の狐の足元が崩れていた。しっかりと踏みしめていたはずの大地には大穴が空いていて、足を取られて体が傾いたのだ。

土壁はおとりだった。本来の目的は土壁を作るための土を九尾の狐の足元から移動させることだった。

結果足元は崩れ、レーザーの発射直後に体が傾いた。

しかしまだ攻撃を一度防いだだけだ。倒す手立ても逃げる手立てもなかった。

13

九尾の狐はゆっくり立ち上がった。足元が崩れたのは予想外だった。それでも絶対的優位性が崩れることはない。ただの時間稼ぎにすぎない。死ぬのがほんの少し先延ばしになっただけだ。

立ち上がると周囲の木々が燃えていた。生木が燃えて出る黒煙は視界をさえぎる。

——目くらましのつもりか。

しかし九尾の狐はあわてない。視覚による情報にはさほど頼っていない。

ケ————ン。

一声鳴くと、周囲の状況がありありとわかる。黒煙などたいした妨害にもならない。

ほかにもいくつか探る手段は持っている。この体だからこそできる手段は他にも得ていた。

意識に視覚情報と反響定位情報が重なる。三人の位置は完全に把握できた。目くらましは無駄だ。

九つの尾を四方に広げて地面に突き刺した。その姿はまるで蜘蛛《くも》のようだ。四肢だけでなく九つの尾が、体を地面に固定していた。いわば尾は姿勢を安定させるためのアンカーだ。数カ所の足や尾の地面を崩したところで、姿勢は揺るがずルビーレーザーの軌道がそれることはない。

口を開き再度レーザーの発射準備に入る。

「おっさん、またレーザーを撃つつもりだよ」

少年が叫ぶ。わかれた分身の一つとはいえ、自分の一部を殺した憎むべき相手だ。しかしいまやその矮小《わいしょう》さに憐れみすら浮かんでくる。だからといって殺意がゆるむことはなかった。

人間の苦しみは愉悦、人間の嘆きは快楽、人間の悲鳴は歓喜。憎むべき理由もいまとなっては、それらを彩る感情の一つとなっている。

ユウキは再び、土壁を作り九尾の狐の足元を崩した。しかし足元が崩れても、九つの尾が体を支える。

「おっさん、ダメだよ！」

ユウキが煙の中で叫ぶ。目くらましのつもりか。しかし九尾の狐は目で周囲を把握しない。音による反響で周囲の地形を把握する。

同系統の音による攪乱《かくらん》もない。それにだいたいの位置は把握している。いまさらソナーをごまかしたところで、広範囲を攻撃できるレーザーから逃れられるわけがない。レーザーとレーダー。怪異らしからぬ二種類の武器を持っていた。

九尾の狐は再び体内にエネルギーを生成する。ルビーの体が赤く妖しく発光しはじめた。

もう一人の憎むべき相手、少女が何度も矢を射ってくる。霊力のこもった矢は意外なほどの威力を秘めていた。以前の体ならばやすやすと貫かれていただろう。しかしいまはなんの痛痒《つうよう》ももたらさない稚拙な技にすぎない。

——愉快、愉快。

無様にあわてふためくさまは、長年封じられていた屈辱を癒してくれる。

あと一呼吸程度の時間で、光の束を放つことができる。

今度は足元は確かであり、目標は黒煙の向こうにしっかりととらえていた。外すことはありえない。左から右へ、腰の高さで薙ぎ払う。

光の束を放出しているときは、音による周囲の地形把握ができなくなるという欠点があった。全神経を注ぐというのもあるが、体全体にかかる微振動が音の感覚を狂わせてしまう。

そのため直接狙うのではなく薙ぎ払うように斬る。光の幅は先ほどの一寸ではなく、二尺まで幅を広げる。大木のように太い光の束は、貫通力こそ劣るもののかわすのはむつかしい。

反響音が最後にとらえた三人の姿は逃げる姿勢すらできていなかった。光の束を一秒足らずでなぎはらうように放てば、あの姿勢から一秒以内に伏せるのも飛ぶのも不可能だ。

発射された光の束は予定通りの軌道を描く。足元が崩される妨害もない。

光の束が収束し、再度反響音による地形把握がもとにもどる。

焼けただれた死体が三つ転がっているはずだ。それ以外の未来など待っているはずはなかった。

だがこしゃくなことに今回も仕留めた手ごたえはない。確かに先ほど感知した三体が地面に転がっている。しかしそれは泥人形だった。

――おとりか。

泥人形をおとりにしたのは理解できる。しかし肝心の生身の人間どもはどこに行ったのか。

――まあいい。

人の身でこの空間から出ることはできない。時間はいくらでもあった。

「伏せて！」

ユウキが叫んだと同時に、赤い光が周囲を薙ぎ払った。軌道はでたらめで、幸いしゃがむことしかできなかった湊の頭上を通り過ぎただけだ。

「しつこい狐だ」

遠くに光る赤が炎のように揺らめいている。発光している九尾の狐がたたずんでいるのだ。

「随分と余裕の態度だね」

「いいや、違うな。見えてないんだ」

「でも」

「あいつの目は反響音から位置を割りだすソナーだ。しかしレーザー発射準備の甲高い音でソナーが使えない可能性が高い」

「つまり撃つ前後は目が見えていない？」

「そうだ。最初は驚いたが、意外と化けの皮がはがれてきたぞ」

「発射前にできるだけ移動するんですね」

「そうだ。射線軸上から外れるようにな」

話しているうちに、発射の準備を知らせる甲高い音が鳴り響いた。いま三人がいる場所を高台から狙っているなら、足元が死角になりやすい。

三人は言葉にするまでもなく意思の疎通をはかると、九尾の狐に向かって走り出した。

しかし発射の直前、狐の頭の向きは意外な方向、上を向いた。

「なんだあれは……」

その射線軸上の上空に、中心部が太い棒状のものが浮いていた。その形状は九尾の狐の尾の形と一緒だったが、すりガラスのように表面が濁っている。

照射された光が上空の正体不明のものに命中する。鏡のように反射した光が、何十、何百という数に分裂し、上空から雨のように降り注いだ。

「拡散プリズムか！」

拡散されたレーザーは木や葉、地面に突き刺さり、無数の穴をあけた。

それでもランダム性の高い光の拡散だ。威力の強弱もあっただろう。木をなぎ倒す威力を維持したものもあれば、木の葉を焼く程度のものもある。

威力を殺して命中率の悪さを補う。九尾の狐はさらに狡猾《こうかつ》な手段に出てきた。

ユウキはとっさに結界を展開する。拡散した分、威力の弱まったレーザーが結界を完全に貫通することはできなかった。幾重にも重ねた結界の半分以上を砕いたものの、押しとどめることができた。

それでも完全に押しとどめるには至らなかった。

「ぐうっ」

湊が肩を押さえてうずくまった。

「おっさん！」

「先生！」

服が裂けて、肩の肉も削られていた。さいわい骨には達しておらず、傷口は焼かれて出血は最小限だ。

「自分の尾を飛ばしてレーザーを反射させて拡散か。次から次へと、いろんなものを出してくるな」

脂汗をにじませて、湊は丘の上にたたずむ九尾の狐を見る。

「ええ、驚きました」

「こんな怪異、初めてだよ」

発想は怪異というより現代科学だ。

「いや、初めてじゃないぞ。豪華客船に乗ったときも、現代の船乗りの知識が活かされた怪異現象だった。いまようやく確信が持てた」

「確信ですか？」

「鋼玉の体、レーザーに拡散プリズム。もともと化けるのが得意な狐だとしても、こうまで現代科学を活かした性質を持つとは考えにくい。山奥で石になって引きこもってて、どうやって先端の科学知識を得る？　ネットにでもつながってるのか」

「自分で調べられるわけがないよね」

「先生、それってつまり……」

湊は確信をもって語る。

「ああ。九尾の狐に入れ知恵をしたやつがいる」

14

伊織の部下の言葉に間違いはなかった。

御蔭神道の修練場は誰もおらず、広場の中央に鎮座していた殺生石の姿もない。大型の輸送ヘリで何回も往復させてようやく運んだ巨大な岩群だ。簡単に動かせるものではない。少なくとも人には無理だ。

「これは殺生石が復活したと見るべきかしら」

カオナシの様子がおかしかったことも無関係ではないだろう。きっと殺生石――九尾の狐に魅入られたに違いない。

古来より何人もの権力者をたぶらかし世の中を混乱させた大妖怪だ。たとえ御蔭神道のカオナシといえども、意のままに操るのは簡単なのかもしれない。いや、下手に霊力を持っているからこそ、九尾の狐の影響を強く受けてしまうのだろう。

「こういう場合、湊君の霊力ゼロっていうのはいいほうに働くのね」

怪異の影響を受けにくく、なおかつ誰にも想像のつかない方法で倒す湊は、怪異にしてみればたまったものではないだろう。

「心配ですね」

巫女の一人が理彩子を気遣う。沙耶のこともよく知っている巫女だった。

「でもあの九条湊も一緒という話です。悪いうわさも多いですが、水谷さんの話を普段から聞いていますから、こういうとき頼りになる御仁だと存じています」

「どうかしらね」

巫女は少なからず驚いた。湊の能力を誰よりも信頼しているのは理彩子ではなかったか。そんな表情が読み取れる。

「確かに湊君の方法はいつも斬新だけど、準備が必要なものも多いの。そうじゃないときもあるけど、強力な怪異であればあるほど、準備や道具が必要になる」

「でも水谷さんの用意した九尾の狐対策の設備があるではないですか」

「なのにこんな状況になってしまった。つまりあの対策では九尾の狐は防げないということ」

音で混乱させても攻撃を避けたのか、それとも攻撃そのものが通じなかったのか。前者ならまだ倒せる可能性がある。しかし後者ならば勝てる見込みは限りなく薄い。

巫女の表情がこわばっているのを見て、自分の失言に気づく。

「ああ、ごめんなさい。不安にさせるようなことを言って」

思っている以上に動揺している。理彩子は両手で自分の頬を叩くと気合いを入れなおした。

「私がこんなことでどうするの」

沙耶にユウキ、それに湊はいまどこかで戦っているのだ。ふぬけている場合ではない。

何かできないかと周囲を見て回った。殺生石を安置していた広場の中央を調べた。散らばっている細かい石は殺生石の破片だろうか。

そのいくつかを拾い上げて、注意深く観察する。なだらかな面と鋭利な面がある。鋭利な面は最近割れたものだろうか。

理彩子はじっと断面を見ていた。表面こそ沙耶とユウキが遭遇し、後から理彩子も検分した殺生石に似ているが、断面は違う材質に見えた。ところどころ半透明の石がまじっていて少し赤っぽい。

「なんの石かしら」

分析にまわしたいが、いまは時間がない。携帯を取り出しこういうことに詳しい知人に電話をかけた。

『はい、堅剛《けんごう》です』

「堅剛先生、おひさしぶりです。水谷理彩子です」

大学時代、湊や孝元と一緒に師事した恩師だ。たまに湊が怪異の調査で今も協力を頼んでいる。といっても堅剛は怪異などまったく信じていないのだが。

『おお、ひさしぶりじゃないか。元気にやってるか』

一通りの挨拶を終えた後、理彩子は本題を切り出す。やや性急だが時間がない。

「いまから石の写真を一枚送るので、どのようなものか分析していただけないでしょうか」

湊がよく相談に行くくらいその知識は頼りになる。

『急ぎか？』

「はい、できれば早急に」

『わかった。ただ写真じゃわかることは限られてくるぞ』

理彩子がスマホで写真を撮り堅剛のアドレスに送信する。答えはほどなく返ってきた。

『写真じゃ断言はできないが、これは鋼玉じゃないのか？』

「鋼玉？」

『ルビーやサファイアのことだよ』

「ルビー……」

ではこの赤いところはルビーなのだろうか。九尾の狐とルビー。一見接点がなさそうに見える。しかしその判断はまだ早い。もっと堅剛から情報を聞いてからだ。

「鋼玉とはどんな性質がありますか？」

『そうだな。まず第一にあげられるのは硬さだ。鉱物の中じゃダイヤモンドの次に硬い』

「硬い……」

もし九尾の狐の体が鋼玉になっているならば、攻撃は効かないかもしれない。最悪のパターンだ。

「他にはどんな性質が？」

『んー、そうだな。ルビーのほう限定になるが、レーザーの媒体になる』

「レーザーって、あのレーザーですか？」

『そう。ＳＦなんかに出てくるレーザーだよ。ただしルビーレーザーは出力を出すのが難しい。旧ソ連は人工ルビーを使ったレーザー兵器を開発していたが、コストの問題で中止になった』

「そのルビーはどれくらいの大きさなんですか？」

『ソ連の兵器のは知らんが、俺が知ってるルビーレーザーの実験に使われたものは、直径５ミリ、長さ４センチ程度だったな。ルビーとしては大きいが、いまは人工的に作れるから、ある程度は大きさは自由だ』

理彩子は広場にあった殺生石の大きさを思い出す。

「先生、笑わないで聞いてほしいのですが、もしも何メートルもある岩くらい大きなルビーがあったとして、そこから出るレーザーの威力はどれくらいになりますか？」

『ははは、何メートルもあるルビーか。さすがに大きく出すぎだろ』

「笑わないでくださいと言ったはずです」

『すまんすまん。そうだな。俺の専門外だからなんとも言えないが、それだけ大きなルビーなら、それこそＳＦの世界にあるレーザー兵器みたいになるだろうな』

「レーザー兵器……」

もし鋼玉の硬い体とレーザー兵器をそなえた怪異ならば――自分で考えておいて、まったくもって怪異とは思えない馬鹿げた代物だが、もし九尾の狐がそんな怪異ならば、はたして勝ち目はあるのだろうか。

「どうもありがとうございました。参考になりました」

『おう、今度三人で遊びに来い』

堅剛が電話を切るのと入れ替わるように、警察の人間が話しかけてきた。理彩子を牢から出してくれた人間だ。

「やはり、朝霧警視と連絡がつきません」

「そうですか」

湊達だけでなく伊織も行方不明だ。

懐から指輪の入ったケースを取り出す。

やはりこれを受け取ったままなのは良くない。時間がたてばたつほど返しにくくなる、そう思って持ってきたのだが、それどころではなくなってしまった。

ふと視界の端から赤い光が入ってきた。同時に周囲からざわめきの声が上がる。

「何があったの？」

「林の奥で赤い発光現象があったようです。原因は不明です」

「赤い……」

堅剛の言っていたルビーレーザーが脳裏をよぎる。

「その場所に向かいます」

赤い発光現象があったのは池のそばの雑木林の中だった。

「ここからこう、まるで弧を描くように、赤い光が見えました」

一番近くで目撃していた神官が、そのときの状況を説明した。

「他には？」

「いえ、なにも。赤く光っただけです」

隔絶した空間からこぼれた何かが、こちらに影響を及ぼしたのかもしれない。

「沙耶——！　ユウキく——ん！　湊く——ん！」

その場であらん限りの声で叫んだ。

「朝霧警視、いらっしゃいませんか」

隣で警察の人も叫んでいた。

しかし返事はどこからもなかった。こだました自分たちの声だけが聞こえた。

15

九尾の狐の攻撃を避けるため、大木の裏に隠れていた湊は、怪訝な顔で周囲を見渡していた。

「どうしたの？　狐につままれたみたいな顔をして？」

我ながらそのたとえはどうなんだと思いながら、ユウキは視線の先を見る。しかし林だけで何も見えなかった。

「いや、いま……」

湊にしては言葉の歯切れが悪い。

「理彩姉さまの声が聞こえた気がする……」

沙耶も湊と同じ方向を見ていた。

「やっぱりそうか。あいつの怒鳴り声が聞こえた気がしたんだ」

「もしかしてこの空間に飲み込まれたの？」

ユウキには聞こえなかったが、二人が言うのなら声はしたのだろう。

「遠くにいるような、でも近くにいるような……不思議な声でした」

「おい、理彩子。おまえまでこっちに来たのか？」

湊が呼びかけても、林の中から返事はない。

「やっぱり気のせいだよ。それより、この状況をどうにかしないと」

上空から定期的に尾を利用した拡散レーザーが雨のように降り注いでくる。

「怪異じゃなくて、現代兵器と戦ってるみたいだよ！」

できるだけ姿勢を低くして、ユウキはあらん限りの声で叫んだ。

「本当に九尾の狐に知恵を貸した人がいるんですか？」

沙耶も半信半疑だ。

「そうだ。その証拠にレーザーの射程距離はせいぜい２００メートルに抑えられている」

レーザーは一定以上飛ぶと、急に壁に阻まれたように停止して霧散して消える。あれもまた空間を操る九尾の狐の力の応用なのかもしれない。

「だからなんなの？　射程距離が２００メートルでも無限でも、いまの僕たちのピンチに変わりはないよ」

湊はユウキの言葉がひっかかったのか怪訝な顔をする。

「いや、あるぞ。九尾の狐はなんでこんなぬるい真似をしているんだ？」

「どういうことですか？」

「九尾の狐が本気なら、レーザーを水平に適当に何度も撃つだけでいいんだ」

「それでどうやって当てるんですか？」

「当たるさ。外すほうが難しい。レーザーは本来、障害物がなければどこまでも飛んでいくんだ。永遠に飛んだらどうなるか。ここは空間がループしてる。発射されたレーザーは障害物に当たるか、空気で減衰しない限り、空間内をいつまでも飛んで……、おっと、飛んでいくんだ。しかししつこいなホントに」

レーザーの雨は止むことがなかった。

「実際は木や地面に当たって威力が弱まればいずれ消えるが、それまでは永遠に飛び続ける。いま奴は拡散プリズムでレーザーを分散させているが、本当はそんなまどろっこしいことをする必要はないんだ。地面から水平に撃つ。それだけで空間内はレーザーだらけになる。ではなぜそうしないか。でたらめにレーザーが飛んでしまうのはまずいからだ。なぜなら」

「九尾の狐とつるんでる人間がいるからだね」

「そうか。不用意に撃ってその人に当たってしまうとまずいから、レーザーは遠くまでいかないいんですね」

いまでこそ防戦一方だが、湊が九尾の狐の化けの皮をはいでいくのを見ると、いずれは倒せる手段にたどり着くという希望があった。

「そこまで九尾の狐の正体を丸裸にしたなら、倒す方法も思いつきそうだね」

しかし湊の返答はない。

「あの先生？」

「もったいぶらずに言ってよ。どうせもう思いついてるんじゃないの？」

「倒す手立てはない」

「ないって……」

「確かに攻撃面は片手落ちだ。しかし防御面は鉄壁だ」

たしかに逃げ惑うばかりで、ルビーの体にはいまだ傷一つつけることができないでいる。

「この空間内で、ルビーの体を破壊する手段は、ちょっと思いつかない」

「そんな……」

「防御が完璧なら、攻撃は多少おろそかでもかまわない。長期戦で有利なのは向こうだ。俺たちは防戦一方。いずれやられるのは目に見えている」

16

『九尾の狐に入れ知恵をしたやつがいる』

トランシーバーから聞こえてくる声に、伊織はいつのまにか拍手をしていた。

「思ったよりも早く気づいたか。さすがだな」

それから湊のレーザーの射程距離の話になり、そこから共犯者の存在を推測するのは、見事としか言いようがなかった。

湊の予測は正しかった。

化けることは狐狸《こり》の怪異が得意とするものの一つだ。九尾の狐はさらに化ける対象の性質を再現することができる。しかし性質まで変化させるのは相応の時間を必要とするが、それでも化けることができる。一度死んで殺生石になってもなおその能力は限定的に受け継いでいた。鉱物に限るが、九尾の狐の化ける力は健在だった。

一通りの考察も、じつに正確でうすら寒いものを感じた。

「これが九条湊という男か」

確かに怪異の天敵ともいうべき男だ。下手に霊力や法力を持っている人間よりずっと怖い。

だからこそ湊の出した結論を聞き、伊織は手を叩いて笑いたくなった。

『倒す手立てはない』

「あははははは、どうやらこの知恵比べ。僕の勝ちのようだな」

『聞いているか朝霧伊織、おまえが黒幕だと言ってるんだ』

盗聴していたトランシーバーから湊が突然話しかけてきた。あまりにも不意打ちで、しばし絶句してしまう。

「おや、トランシーバーに細工がされているのを気づいていたのか？」

トランシーバーの音声送信ボタンを押す。

「よく僕だとわかったね」

『初めて会った時から、おまえの性根の悪さはお見通しだったよ』

「まっさきにつぶしておかなければならないと思ったのが君なんだ。総本山や御蔭神道に九尾の狐を倒せるとは思えない。しかしダイダラボッチすら倒す方法を見出した君なら、九尾の狐を倒す手段を見つけるかもしれない。しかし君が選ぶ方法は徒手空拳ではむつかしい。何かしら道具を必要とするケースが多かった。だからこの何もない空間に閉じ込めて、君を殺そうとしたんだ」

　湊からの返事はしばらくない。

『理彩子に近づいたのも俺達をおびき出すためか？　それとも御蔭神道での地位か？』

「九尾の狐との取引もあったし、そのつもりだったんだけどね……」

　そのことについては伊織にも計算外のことが起こった。

「理彩子さんはすばらしい女性だ。だますつもりで近づいたのに、いまではすっかり虜だよ。指輪も僕の誠実な気持ちの表れです。だから理彩子さんには九尾の狐が活動を開始する前に、修練場を出て行くように仕向けた」

『そういっといて理彩子の姪も一緒に始末するってか。とんだサイコ野郎だな』

「それはかりはしかたない。赤羽ユウキと山神沙耶。二人の命を差し出すのは、九尾の狐との契約の一つだからね。狐は執念深い生き物なんですよ。でも安心してください。姪を失った悲しみを僕が癒してあげますので」

　伊織はゆっくりと歩いて、遠くで戦っている九尾の狐の姿を視界にとらえた。木の陰に湊達が隠れているのも見える。

「九尾の狐はうまくコントロールしてみせます。九尾の狐をコントロールできれば、怪異も御することができる。人の恐怖という餌をあたえ、見返りに怪異を狩ってもらう。なにこの世に生きる価値のない人間、死んだほうがいい人間はいくらでもいる。餌には困らない」

『警察と犯罪者の癒着ってのは珍しくもなんともないが、怪異と癒着なんてのは前代未聞だな』

「君の裏をかけるとは、僕もなかなか捨てたものではないと思わないかい？」

『おまえごときに九尾の狐を御することができるとは思えないな』

「負け惜しみかな？」

『もっと簡単に俺たちを仕留めることができるだろ』

伊織はとっさに言葉を返すことができなかった。確かにいま湊達を始末しようとしたら、隠れている一帯を、高出力レーザーで薙ぎ払わせればいい。拡散レーザーで広範囲を攻撃するメリットは少ない。

『なのに九尾の狐は新しい力をいろいろためしたくて、無邪気にはしゃいでるぞ』

「もっと強い怪異になってもらわないと困るからね。君たちは本当に強い。いい練習台になる」

『余裕ぶってると足元をすくわれ……』

ふいにトランシーバーの通信が切れた。レーザーが命中して壊してしまったか。遠くに見える三人はいまだに動いている。命中したのはトランシーバーだけなのか。悪運の強い男だ。

「ふん、どのみち君たちには、もうどうもできない」

いくらカラクリを見破ったところで湊達に反撃の手段は残されていない。本人も認めていたではないか。

17

理彩子は目の前に繰り広げられる光景に魅入っていた。

「いったい何が起こっているの」

赤い残光のようなものが、生まれては消えていく。それがずっと繰り返されている。異変に気づいた他の御蔭神道の人たちも集まり、林の中で起こっている発光現象を見守った。

「どうなってるんだ」

「これも殺生石のしわざなのか」

口々に驚くさまを見せていたが、それ以上に何かできることはなかった。

――……するんだ。

――せんせ……。

――……だよ。

発光現象が起こるたびに、人の声が聞こえるような気がした。必死になっている誰かの声だ。いや誰かではない。沙耶にユウキ、そして湊の声だ。

「いまの声、聞こえた？」

近くの巫女に問いかけても、なんのことだかわからないという顔をされる。

自分だけに聞こえているのか。それとも幻聴なのか。

――違う。

理彩子は強く思う。あれは絶対三人の声だ。あの発光現象が起こっているときは、一瞬だが、彼らが閉じ込められている空間につながっているのかもしれない。

――まずいぞ！

――先生！

――おっさん！

ひときわ大きい発光現象が起こったとき、三人の悲痛な叫び声が聞こえた気がした。

「沙耶、ユウキ君、湊君！」

理彩子が叫んでいるのを、周囲の人たちは奇異な目で見ている。それでも理彩子は叫ぶのをやめなかった。

何か自分にできることはないか。

――何か、何か、何か！

無意識にふところをまさぐった手が、何か硬いものに触れた。何かと考えている暇もなかった。いつのまにか触れたそれを握りしめて、手を大きく振りかぶっていた。

――鉱物のなかじゃダイヤモンドの次に硬い。

堅剛の言葉が脳裏をよぎる。

赤い発光現象がおさまろうとしていた。光が消える寸前、理彩子が投げたものがぶつかった。

「湊君、受け取って！」

はじかれるでもなく、通り抜けるでもなく、光と一緒に空中で消えてしまった。

――お願い、届いて。

いま自分ができるのはこれだけだ。あとはもう祈るだけだ。

神仏にではない。口が悪くて傲慢で怠け者の、しかし誰よりも頼りになる彼を信じて、理彩子はひたすら祈り続けた。

18

拡散プリズムの攻撃は恐怖以外の何物でもなかった。

でたらめに何十本も降り注ぐレーザー光線に当たるか当たらないかは運でしかない。たとえ木の陰に隠れたところで、威力の強いレーザーが当たれば、木ごと撃ち抜かれてしまう。

さいわい大怪我は湊の肩くらいだが、倒壊した木に巻き込まれそうになったり、レーザーがかすめたりで、沙耶もユウキもどこかしら怪我を負っていた。

「このままだとジリ貧だな」

木の陰に隠れている湊は、いつになく余裕のない表情をしていた。

「でたらめに撃ってくるから、真空の目くらましも効果なしだよ」

それでも何度か真空の術を行使してみたが、九尾の狐の行動にはなんら影響はなかった。

沙耶はすきを見ては梓弓をかまえて矢を放っている。すべて九尾の狐に命中しているのはさすがの腕前だが、相手は羽虫が当たった程度にしか感じていないようだった。湊の隠れている木のすぐ横を、太いレーザーがかすめるように飛んできた。あと少しずれていれば、大木ごと湊の頭は吹き飛ばされていただろう。

いまはきわどかったですんだが、次がそうなるとは限らない。そしていつかはそれではすまないときがやってきてしまう。それはごくごく近い未来の出来事だ。

——湊君、受け取って！

「理彩子？」

湊は無意識のうちに木の陰から体を乗り出して、何もない空中に手を伸ばした。まだ空気中にレーザーの熱が残っている。今は危険だ。しかし、どうしてかわからないが湊は手を伸ばした。

そしてこの空間にはないはずの何かが手の中に飛び込んできた。

ゆっくりと開いた手のひらには指輪が光っていた。

湊は我を忘れてその指輪をじっと見つめる。

「おっさん！」

ユウキが湊の服を引っ張って無理やり木の陰に戻した。直後、レーザーが通り抜ける。髪の毛が焦げ臭い。

湊のわきをかすめたレーザーはそのまま直進し、池に水面に命中した。同時に高い水しぶきと、水蒸気が発生する。

湊は水柱と手のひらの中の指輪を何度も見比べた。

「なにぼうって突っ立てるんだよ！　危ないよ！」

ユウキの叱責もまともに聞こえていない。

「先生、さっき理彩姉さまの声が聞こえた気がしたんですが……。あ、その指輪どうして先生が持ってるんですか？」

「なに、それ？　高そうな指輪だけど」

「朝霧さんが理彩姉さまに贈ったダイヤの指輪です」

二人の話を湊はまるで聞いていない。どこか呆けた顔をしている横顔を、子供二人は心配そうに見ていた。

「く、く、はははは！」

湊は唇を吊《つ》り上げると、突然笑い出した。

「そうかそうか、その方法があった。くくく、なんて傑作だ。まさしく自らの首を絞めるとはこのことだな」

笑う湊を見て、沙耶とユウキは顔を見合わせた。ずっと張りつめていた表情に、明るさが混じる。

「まさかおっさん……」

「九尾の狐の倒し方を思いついたんですか⁉」

「ああ、思いついた。だがその前に」

レーザーが大木の幹をけずりとっていく。

「まずはこの状況を切り抜けないとな」

「切り抜けるって、どうやって？」

「なに、至極簡単なことだ」

湊は両手のひらをぱんっと組み合わせて、おどけたようにいう。

「当たりませんようにって神様に祈るんだよ」

「はあ？」

「ほら、どうした。ともかく神様に祈るんだよ。どの宗教でもどの神様でも好きなのに祈れ。とにかく祈れ」

湊が手を合わせて適当に祈っているので、しかたなく沙耶とユウキもそれにならう。

きっと何か意図があるに違いない。

「それで？　祈ったあとはどうするの？」

「祈りが通じたら、この場を切り抜けられる」

どこまで本気なのかはわからなかった。

19

「気がふれたか」

遠くから双眼鏡で状況を見守っている伊織は、木の陰で祈っている姿を見て、その意図を図りかねた。

九条湊という男が本当に神頼みをするとは思えない。それとも追いつめられて、気がふれたのか。

しかし祈り方がめちゃくちゃだ。十字を切ったり柏手《かしわで》をうったりひたすら手を合わせたり、ともかく古今東西の祈りを適当に繰り返していた。

九尾の狐にあそこにいることを伝えて、確実に殺してもらうか。

しかし相手は気性の荒い怪異だ。へたに横やりを入れて矛先が自分に向かないとも限らない。

それに湊達が隠れていられるのも時間の問題だ。

何回も木の幹をレーザーで削り取られたことによって、大木はほとんどが倒壊していた。

また別のところに隠れるか。しかしほかに隠れられそうな木はほとんどない。

「薙ぎ払うように撃てば、一発でケリがつくのに」

しょせんは獣か、それとも新たな力を使いこなすのにためしているのか。

いまとなってはどちらでもいい。

湊達の三人の命は、もはや風前の灯火であった。

20

三人を守っていた大木がついに倒壊して、その向こうに九尾の狐の姿が見えた。いまここで最初にやったように、木々を薙ぎ払うように水平にレーザーを撃たれては、防ぎようがない。倒木の枝に体をとられ、うまく動けずにいた。

「次が来る……」

沙耶が悲鳴に近い声を上げる。

大きく開けた口が湊達のほうを向いた。甲高い音が鳴り響いた。心なしかいままでより音が甲高い。

ユウキはとっさに結界をいくつも張って攻撃にそなえた。紙のように破られてしまうのは目に見えているが、それでも一縷《いちる》の望みにかけた。

ユウキは決死の覚悟で待ち構えていたが、いつまでたってもレーザーはこなかった。

見れば九尾の狐は激しく光を輝かせているものの、まるでのどに何かをつまらせたように、せき込むように口を開いてもがいているだけだった。

「よし、神に祈った成果が出たぞ」

湊は待っていたとばかりに、立ち上がる。

「え、え？」

混乱する二人の子供の手を引っ張って、湊は一目散に九尾の狐から離れた。いま後ろから撃たれたらおしまいだ。しかしやはりレーザーが撃たれる様子はなかった。

「何が起きたの？」

「撃ちすぎて熱膨張を起こしたんだ。レーザーの発射装置でもある体は、精密機械に等しい。だから熱膨張で少し歯車が狂うと、とたんに様々なことができなくなる。平たく言えば故障だ」

「九尾の狐が故障？」

まったくちぐはぐな言葉だが、それだけに湊らしい戦略だった。

「じゃあそろそろ聞かせてよ」

九尾の狐から十分に距離をとりようやく一息をつくと、ユウキは改めて湊に問いかけた。

「ん？　何をだ？」

「九尾の狐の倒し方だよ！　さっき堂々と言ってたじゃない」

「ああ、それか。なに、倒す仕組みはごくごく単純なものだ。カギとなるのはこいつだ」

それは空間に飛んできたものを湊が受け取った指輪だ。

「それって理彩姉さまが受け取った婚約指輪では？　どうして先生が持ってるんですか？」

「理彩子がさっき投げてよこしたんだよ。話がややこしくなるから先に言っておくが、理彩子がいるのは現実世界。このくそったれな閉鎖空間には来てないぞ。理彩姉さまもこっちにいるんですか、大変！　なんて無意味に騒ぎ出すなよ」

沙耶は何か口ごもっていたが結局黙ってしまった。半ば以上当たっているという自覚があったからだ。

「なおさら指輪がここにある理由がわからないよ」

「九尾の狐はレーザーの射程距離を制限するために、空間を捻じ曲げている。そのとき、閉鎖空間にほころびができるんだろう。一瞬だが、現実とつながる瞬間ができるんだ」

「理彩姉さまの声が聞こえたのは、気のせいではなかったんですね」

「はあ、なんかすごいね」

空間がつながるといっても、ほんの一瞬だろう。指輪の受け渡しができたのは奇跡に等しい。

「でもその指輪がカギになるって、どういうこと？」

「なに、仕掛け自体はシンプルなものだ。問題はそこに導くための動線だな」

それから湊は作戦の一部始終を二人に語って聞かせた。

「そんな方法が……」

ユウキは唸《うな》る。仕掛け自体はとても単純だ。ただ一つだけ問題があった。

「でもその方法はユウキ君の負担が大きいです」

沙耶は心配したがユウキは首を振って笑った。

「大丈夫。これくらいならなんとかなるよ」

そう言っているがなかば強がりだと沙耶は察していた。それだけ湊が要求したのは大変なことだ。同じことを御蔭神道が行おうと思ったら、手練れの神官か巫女が数十人は動員されるだろう。それをたった一人で行うのは無謀以外の何物でもない。

ユウキは屈託なく大丈夫と笑う。その笑顔の裏にどれだけの覚悟があるのか沙耶にはうかがい知ることができなかった。

「先生、私もユウキ君を手伝います」

「おまえにはもっと大事な役目、いや違うな。やばい役目がある」

湊は笑顔で不吉なことを口にした。

「やばい役目って危険って意味なの？　だったら僕がやるよ」

「おまえに頼んだ役割はおまえにしかできない」

「大丈夫です。なんでも言ってください」

「そうか。じゃあ遠慮なく言わせてもらおう。九尾の狐の相手をしろ」

「は？　無理だよ。なに言ってるんだよ」

今度はユウキが湊に食って掛かった。

「別に倒せとは言ってない。時間をかせげばいい。そうだな。一時間以上、いや二時間は粘ってもらいたいところだ」

「二時間……」

「別に真正面からぶち当たれとは言ってない。そんな玉砕特攻させても一分ももたないだろう」

「無理です」

数秒の沈黙ののち沙耶はきっぱりと湊に言った。

「死ぬのは怖くない、と言えば嘘になりますが大勢の人が救われるなら、まだ死ぬことに意義があります。でもたぶんあの九尾の狐を相手に私は一時間も持つかどうかもあやしい。そうなれば無駄死にです。そのあとにユウキ君や先生が狙われます。だからいまここで無理だと言わざるを得ません」

「無駄な自己犠牲は払いたくないってのは、そこそこマシな答えだ。やりますなんて即答したら、おまえは一年前からまるで成長してないってことだからな」

去年の秋に湊に初めてあったとき、沙耶は生贄《いけにえ》になることを素直に受け入れ、死を覚悟していた。

「なにか策があるんでしょ？　沙耶おねえちゃんに無策であの怪異と戦えなんて言わないよね？」

「まあ、ないとは言わないが。何時間も持たせられるかは、運次第だ」

「でも可能性はゼロじゃないんですね」

「ゼロじゃない」

「それならやります。大丈夫です。先生の言う運をつかみ取ってみせます」

21

——足りぬ。

九尾の狐は、人々の絶望を、不安を、後悔を、嫉妬を、劣等感を、様々な負の感情を食らう。権力者に近づき国を乱し争いを起こさせるのもそのためだ。

この空間内も人々の負の感情で満ち満ちているはずだった。霊力の高い者の負の感情は、格別の味わいがある。

だから殺さずにゆっくりとなぶり続ける。心の奥底まで絶望をしゃぶりつくした後、今度は肉の体を食らうつもりだった。

この場は九尾の狐の腹を満たす馳走《ちそう》の場であった。

——足りぬ。

九尾の狐は立ち上がると怪訝そうに周囲を見た。空間に満ちていたはずの負の絶望が薄らいでいる。その代わりにあつかましく漂ってきたのは、もっとも嫌う感情、信頼と希望だ。

――気に食わぬ。

歯ぎしりをする。鋼玉の摩擦係数は低く、歯と歯が上滑りしてしまう。それがまた九尾の狐をいらだたせた。

ケ――――ン。

一度鳴くと反響音から周囲の様子が把握できる。目と違い体の後ろも頭上も、音が届く周囲すべての様子がわかる。不意打ちをくらうこともない。

それでも反響音を過信したばかりに、人間に退治される隙を作ってしまった。その対策もすでにしてある。生身の体ではかなわなかった能力だ。

「おちつけ。まだ冷却時間が必要だ」

そばにいる朝霧伊織という人間が、現代の人間の知恵をあたえてくる。

どの時代でもたまにこのような人間が現れる。悪性。我欲のために平気で悪事を行える人間は多いが、自分と意思を疎通できるだけの力があり、役に立つ権力を持ち、なおかつ頭の良い人間はほんの一握りだ。

「十分に冷えた。今度こそ、あの男を殺してくれ」

そして自分勝手な願望を、まるでそれが正義であるかのように語る。

たまにこういう人間が現れるから面白い。

22

九尾の狐が体を冷やしている間、伊織は湊たちを探していた。盗聴していたトランシーバーは壊れてしまったので、目で見る必要があった。

「なんだこれは？」

伊織がひらけた高台からあたりを見渡すと、奇妙な光景が広がっていた。

雑木林の間に見慣れないものが乱立している。氷の柱だ。太さは1メートルから2メートル。高さもまちまちで数メートルから十数メートル、中にはずっと上まで続いているものがあった。

「これを法力で作ったのか」

ユウキは五行の術で、土や火を自在に操るという。五行ならば水も含まれるだろう。しかし肝心の水はどこから調達したのか。

——水といったらあそこしかないか。

池に向かうと予想通りの光景になっていた。池が小さく浅くなっている。

これだけの水量が氷柱に使われている。それだけユウキの法力の強さを感じさせる。報告に聞いていたよりすさまじい。報告が不正確だったのか、短期間でさらに成長したのか。

ただ問題はどうやって作ったかではない。なぜこんなものを作ったのかだ。

「どう考えても九条湊の指示だとすれば……」

何か思惑があるのはわかっている。こちらを混乱させるために、無意味な行動をまぜてごまかしている可能性もあるが、それだけでこの規模のことは行わないだろう。

あれこれ悩んでいてもしかたない。

「ためしに柱を破壊してみてくれないか。できるだけ遠くのを一つ」

九尾の狐は伊織の言葉に従い、１００メートルほど離れたところにある氷柱にレーザーを発射した。氷柱はあっさりと砕けて、大量の水と水蒸気が発生した。

何か違和感があった。確かにレーザーの高熱で氷は溶けるが、それでもあの水の量は多すぎる。同じように発生している水蒸気も多かった。

「そうか。そういうことか」

氷の柱に見えるが、じつは中まで凍ってはおらず、貯水タンクのような役目をはたしている。水がまじっているため、レーザーの熱でより多くの水蒸気が発生したのだろう。

湊の意図を察した。

「なんとも涙ぐましい防御策だな」

これならどうにでもできる。

どういうことなのかと九尾の狐が説明を求めている。直接口にするわけではないが、なぜかなにを考えているのか察することができた。

「この柱はレーザーで破壊されることを前提に作られている。レーザーの高熱で水蒸気を発生させることが目的なんだろう」

破壊されて水蒸気のただよっている空間を指して説明を続ける。

「水蒸気を発生させる目的は二つ。一つはレーザーの威力の弱体化。レーザーは水蒸気で拡散してしまうからだ。そしてもう一つは空気密度を変えること。水蒸気が充満している場所では音の伝わる速度が変わり、速くなる。つまり反響音の観測結果を狂わすことができる。あの水蒸気の中では実際の距離より短く感じることになる」

説明をし終えると、遠くにいるはずの湊に語りかけるようにつぶやく。

「せっかく苦労して作ってもらったのに申し訳ないが、この氷柱には簡単な攻略方法がある。別に現代的なものだけが九尾の狐の攻撃じゃない」

伊織の指示で、九尾の狐が軽く体当たりをする。それだけで氷柱は破壊され、中の水は地面にこぼれた。水蒸気など発生しない。

物理的に軽く体当たりしただけだ。レーザーが減衰することもソナーが狂わされることもない。

遠くから湊の叫ぶ声が聞こえた。

「おおい、朝霧伊織に九尾の狐。そろそろ最後の勝負と行こうじゃないか」

意気揚々と叫んでいる。すでに自分の仕掛けたタネが割れているとも知らずに、なんとも滑稽な話だ。

九尾の狐とともに湊のもとに向かう。いたのは湊と沙耶の二人だけだ。

「ユウキ君はどこへ？」

「ん、あ、ああ。あいつはどっかに行ったよ」

湊はごまかすようにいう。これだけの氷柱を作り上げたのだ。疲労困憊で動けないのだろう。

なにもかも透けて見えてしまう。滑稽を通り越して哀れにすら思えてきた。

「ではあとは任せたよ」

伊織はそれだけ言うと後ろに下がった。

伊織が注意すべきことはただ一つ。湊達に捕まらないことだ。そのため交戦中は離れた場所から見ることに徹する。自分の役割は心得ていた。

23

九尾の狐が人間たちの前に姿を現すと、今度は少年ではなく少女——沙耶が多重構造の結界を性懲りもなく展開した。

しかも沙耶の作るそれは少年のそれとは比べ物にならないほど稚拙だ。速さを優先したためだろう。不格好な十枚程度の結界の壁が目の前に生み出される。

吹けば消し飛びそうなもろい結界の壁の数々。哀れみすら芽生えてくる。

九尾の狐は四肢を大地に固定すると、目の前の二人めがけて口を開いた。二人の表情が強張る。

甲高い音が鳴り響き、九尾の狐の口より光の束、ルビーレーザーが発射された。

結界の一層目がもろく砕け散っていく。そのまま、二層目、三層目と十枚の結界はすべて砕かれるはずだ。

しかし一層目の結界が砕けた直後、レーザーが広がった。まるで岩にぶつかった滝の水のように、左右に裂けた。沙耶や湊の脇をそれたレーザーが大気を焦がし、横をすり抜ける。その熱量に、周囲の景色が揺らめいていた。

それも一瞬だ。二層目も砕け散る。一層目より心もち長いという程度。しかし三層目にいたり、四層目を経て、同じようにレーザーが拡散すると、瞬きほどの間が生まれる。

ついにはレーザーの威力は減衰し、七層八層をやぶるときにいたっては、もはや目に見えて威力は半減し、結界は持ちこたえ続けている。

九層が砕け散り、最後の一枚にひびが入ったとき、レーザー照射時間は終わりを迎えた。時間にして一秒程度。ほんの一瞬の攻防だが、その結果はありえないものだった。

湊達のまわりにある地面や木々は、焼け焦げているか切断されているか、その惨状はすさまじい。しかし結界の後ろにいた湊と沙耶だけは無事だった。

「いったい何が起こったんだ」

遠くから様子を見守っていた伊織の驚きは大きかった。

あの程度の結界で持ちこたえるのは不可能だ。いや、程度というのは酷というものか。沙耶の結界も非凡なものではある。しかし九尾の狐のルビーレーザーの威力は霊能者一人の力で防げるようなものではない。

なのに防いでしまった。ありえないことが起こってしまった。そのカラクリがわからない。

九尾の狐は呆然と立ち尽くし、二人を見る。その間に沙耶はすかさず次の結界を展開していた。自信が生まれたのか先ほどよりもいくぶん強い形の十数枚の層。それでも本来ならルビーレーザーを防げるような代物ではない。

「何をした？」

いままでの結界と何が違うのか見極めようとする。何枚にも重ねられた結界は、細長い筒のような形にも見える。

それだけではない。結界と結界の間にもやのようなものが見えた。

――あれはなんだ？

いままで見た結界にあのようなものはない。

九尾の狐は再度、ルビーレーザーの発射のかまえをとった。繰り広げられる先ほどとほぼ等しい展開。

「なるほど」

遠くから二度同じ展開を見て、なぜレーザーを防げたのか伊織は正確に分析した。いままでの結界との違いがなんなのか把握する。

「中を水蒸気で満たしたのか」

結界と結界の間にあるもやは、すべて濃度の濃い水蒸気だ。あの中ではレーザーは乱反射し拡散して威力は半減してしまう。

――次から次へとよく思いつく。

それでも伊織の余裕は崩れない。九尾の狐も激昂《げっこう》したり取り乱す様子はない。わかっていたからだ。彼らが講じている手段はただの防御策にすぎない。

みたび、九尾の狐は口を開く。その間に展開された結界は前の二度よりもさらにしっかりとした形になっていた。なるほど、死線は人を成長させるのに最適な環境だ。

しかし残念なことに、その成長も生き延びなくては意味がない。

――自分たちだけが新しい戦略を編み出していると思わないことだな。

伊織にはまだ勝算があった。

「先生、次が来ます」

沙耶が作り出した水蒸気を含んだ結界は、今度は前方だけでなく上空にも展開されていた。尾のプリズム乱反射による無差別攻撃も警戒していた。三層ほどの厚さだが、拡散されたレーザーなら防ぐことができる。

九尾の狐はレーザーを発射する直前、口を上空へと向けた。

「やっぱり」

緊張した面持ちで沙耶は上空に目をやり、そこに尾が浮いていることを確認する。

「先生、予想通りです」

しかし湊は上空を見ていなかった。なぜか驚いた顔で横を見ている。

レーザーが発射された。予想通り狙いは上空の尾だ。しかしそこから先が違った。プリズムによる屈折現象は乱反射ではなかった。レーザーは二手に分かれて、湊達の左右に照射された。そこにはさらに尾があった。今までのように上空だけではなく、上と左右、三つに尾が分かれていた。

左右の尾は上空からのレーザーを反射し、左右から湊達を挟み込むように撃った。

右からのレーザーは上空を守っていた結界を横から破壊し、左からのレーザーはわずかにそれて、湊の背後、数十センチを通り過ぎた。

レーザーは二分されただけで高出力を保ったまま、思いもよらない方向から湊達に襲い掛かった。

「これは、まずいぞ」

九尾の狐は小首をかしげる。反射による自在なレーザー軌道に、まだ慣れていないといった風情《ふぜい》だ。しかしだからこそ余裕を感じる。

事実上、いかなる方向からも撃つことが可能ということだ。結界による防御はせいぜい二方面が限界。いや、レーザーの威力を考えれば一方面かもしれない。

いま現在、左右と上空、そして真正面の四方向からレーザーを撃つことができる。

沙耶が張った結界を見てからでも、レーザーの軌道を変えればいい。

九尾の狐はレーザーの発射準備に入る。

「前方だ」

湊はすかさず指示し沙耶はそれに従う。反射による狙いはまだ正確ではない。そこに望みを託した。

発射の直前、九尾の狐が顔を向けたのは今度は上空ではなく、右だった。同時に沙耶も動いていた。

梓弓でかまえ髪の矢を放つ。狙いは右側の尾。硬くて破壊は不可能だ。

レーザーが発射されるより早く、矢は尾に命中した。しかしあっさりとはじかれる。

直後、口から放たれたレーザーが尾に命中して、今度は二つに分かれることなく、湊達に向かって一本の高出力レーザーが横から襲い掛かった。

しかしレーザーはわずかにそれて、上空1メートルを通り抜けた。

「いい判断だ」

湊に肩をたたかれて沙耶は強張った笑みを浮かべる。尾を矢で傷つけることはできないが、わずかに揺らして、レーザーの軌道をそらすことはできる。

湊が前方に結界を張るように指示を出したのは、尾の反射レーザーなら軌道をずらせると読み、沙耶はその指示の意図をくみ取った。

「いまのを続けることはできるか」

「はい、大丈夫です」

「九尾の狐は意外と意地っ張りだ。同じ手で何度も来るぞ。全部防いで、オーバーヒートさせてしまえ」

「わかりました」

伊織は遠くで思わず拍手をしていた。

「さすが理彩子さんの姪御さんだ。殺してしまうには惜しい才能です」

しかしそれはかなわない。子供二人の死は九尾の狐が望み、湊の死は伊織が望んでいる。

それにこれから自分と九尾の狐が作る管理された怪異事件の中では、あのような過ぎた才能はむしろ邪魔だった。

死んでもらうほうが都合がいい。

それからの攻防も目を見張るものがあった。何度も繰り返されるレーザー軌道の駆け引き。それでも防ぎきれないとわかると、湊と沙耶はやがて背を向けて逃走を開始した。

九尾の狐はゆっくりと二人を追いかける。

奇妙な氷柱はどこにでも建っていた。何本あるのか。

光の束を放射すると、簡単に根本が砕ける。どれほどの高さがあるのか、氷の柱はゆっくりと倒れ、水蒸気が発生する。この水の膜が、一時的に光の束から守ってくれるらしい。

その様子を九尾の狐はつまらなそうに眺めていた。思いがけない方向から、自分めがけて倒れてくるものがあった。ほかの氷の柱が九尾の狐めがけて倒れてきている。たとえ背後からでも音の反響で察知していた。

まさかこんな方法が人間の手立てなのか。

二重の意味で馬鹿らしかった。一つは反響音でどの方向からでも察知できる。よけるのはたやすい。

たとえなんらかの方法で反響音が妨害され、察知できなかったとしても問題ない。倒れてくる氷柱をじっと見守る。よけるしぐさすらしない。やがて倒壊した柱の先端部分が、それなりの速度で九尾の狐の体に激突した。

氷は粉々に砕け散った。しかしそれだけだ。九尾の狐の体にはいっさいの変化がない。鋼玉の体は氷の硬さ程度では傷一つつけることはできない。

せいぜい氷柱の衝撃で、四肢が多少地面に沈んだくらいだ。

遠くで人間が自分の様子を探るように見ていた。

「くそっ！」

無事とわかると一目散に逃げていく。

追うのも馬鹿らしくなった。朝霧伊織はあの人間を一番警戒していたが、それは買いかぶりというものだ。

弱体化した分身の一つとはいえ、己の一部を倒した子供二人のほうがずっと警戒に値する。とくに小さな少年が持つ強力な力は、人間を見てきた長い年月の中でも数えるほどしかいなかった。

まずあの子供を探そう。

そこへ今度は矢が飛んできた。避ける必要性もない。ゆっくりと振り返る。途中、矢はわき腹に命中したが、羽虫がぶつかった程度の感触しかなかった。

沙耶の姿を目に留める。分身にとどめを刺したのはこの娘だ。もはや玄翁すらまったく脅威に感じない九尾の狐にとって、湊と同じく取るに足らない存在だ。

しかし二度三度と打ち込まれる矢はわずらわしい。羽虫程度でもまとわりつかれると鬱陶しくなる。

「ケ――――ン」

吠《ほ》えるように一鳴すると、

「ひゃっ！」

小さな悲鳴をあげて、すぐに後ろに下がった。

二人の人間が走って逃げる。

しかし瞬速の速度を持つ九尾の狐にしてみれば、笑えるほどのろまだった。それでもあの速さでいままで逃げおおせたのだから感心すべきかもしれない。人間にしてはよくやった。称えるように浮かべた笑みは冷たく、いつでも仕留めることができる余裕の表れでもあった。

「あっ……」

人間はつまずきそうになりながら、それでもなんとか姿勢を立て直して前に進む。その姿のなんと滑稽なことか。

男の向かう先にまたもや氷柱があった。

馬鹿の一つ覚えのようにまたあれを隠れ蓑にするつもりか。藁にもすがるその姿勢、滑稽を通り越して哀れだ。

さらに言ってしまえばもう飽いた。このような追いかけっこを続けるのは退屈しのぎにすらならない。好物である人間らしい暗い感情も流れてこない。少女の精神は人間にしては珍しいくらい純粋で気高い。男のほうもまた、人間にしては異質過ぎるほど恐怖や怯えとは無縁だった。これはこれで珍しい人間達だが、九尾の狐にとっては利にもならず餌にもならない。

つまらない。

光の束を再び使えるようになるのを待つまでもない。

もう殺してしまおう。

俊足をもって氷柱の裏にいる男めがけて突き進む。氷を砕きそのままその向こうにいる男にぶつかればそれでおしまいだ。もはや人間にかわす手段はない。

九尾の狐は目の前の氷柱に体当たりをする。飛び散った破片が人間に当たって死ぬのもよし。運よく当たらなかったとしても、そのまま突進を続ければ、簡単に押しつぶすことができる。

人間の寿命は刹那の時間ほども残されていない。

体が氷柱に激突する。

なぜこのとき疑問に思わなかったのだろう。氷柱に体当たりする瞬間、人間——九条湊の口元には笑みが浮かんでいた。

体と氷柱がぶつかり、予想をはるかに上回る大きな音と衝撃が自らの体にふりかかってきた。

次の瞬間、地面や空が目まぐるしく回っていた。なぜ世界が回っているのか。

——違う。回っているのは自分だ。

わけがわからない。なぜ自分が回る道理がある。そのまま地面に落ちた勢いで何本かの木をなぎ倒し、ようやく停止した。

いま、己の身に何が起こったのか。立ち上がろうとするも前足に力が入らず体がよろけて無様に倒れてしまった。もう一度、立ち上がろうとする。しかし結果は一緒だ。すぐによろけて倒れてしまう。下半身のふんばりがまるできかない。

いったいどうなったのか、混乱したまま自分の下半身に目をやり、そこで声にならない悲鳴を上げた。

そこにあるはずの下半身がなかった。後ろ脚も九つの尾もなにもかもない。あるのは、ひび割れて醜い断面をさらしている胴体の一部だけだ。

ありえない。いったい何が起こったのか。

うろたえてあたりを見渡すと、離れた場所に己の下半身が無残に転がっていた。その向こうには、薄ら笑いを浮かべている男がいる。

男は気味の悪い笑顔のまま近づいてきた。

どうして自分の体が分断されてしまったのかわからない。しかし、いま己を窮地に陥れたのは、この男に違いなかった。

ゆったりとした足取りで近づく人間を見て、全身がわなないた。

「よう、自慢のお肌がヒビだらけじゃないか」

自分に向けられた冷笑。いまだかつて人間にそのような表情を向けられたことはなかった。あってはならないことだ。

――逃げねばならぬ。

九尾の狐は残った前足二つで、なんとか這《は》って進もうとした。こんな無様な姿をさらすのは耐え難い。しかし本能が逃げろという。逃げねば完全に消滅させられる。二度と転生することはかなわない。本物の終わりがやってくる。

九尾の狐は初めて人間に恐怖した。

――いったい何があった？

遠くから湊が逃げる様子をうかがっていた伊織は、いま見たものが信じられなかった。

九尾の狐が氷柱に体当たりしたとたん、何かが爆ぜて、九尾の狐は吹き飛ばされ、胴体が真っ二つになっていた。

「爆弾か」

口にしたものの、すぐに違うと結論付ける。彼らは爆弾などもっていなかったし、たとえ爆発物のたぐいを用意できたとしても、九尾の狐の硬い体を真っ二つにするのは不可能だ。

それほどまでに怪異の力が込められたルビーの体は頑丈だ。銃はもちろん、対戦車ライフルやミサイルを持ち出したところで、あの体を傷つけるのは難しい。

それに氷柱に衝突した瞬間に起こった衝撃は、爆発物とは思えなかった。衝撃波こそすさまじく一瞬足元が揺れたほどだが、爆発の拡散ではなく、もっと鋭く研ぎ澄まされた一撃に見えた。いや、ほとんど何も見えていないのだから感じたというべきかもしれない。

ケ――――ン。

九尾の狐が鳴く。いままでの鳴き声と違い、怯えた助けを求めるような鳴き声、いや泣き声だ。

伊織は我に返ると急いで九尾の狐のもとに走った。人間に追いつめられる姿など見たくなかった。そんなことはありえないはずだ。生来の弱点はつぶし、強靭《きょうじん》な体を手に入れたはずだ。

銃を取り出し、湊と九尾の狐の間に割って入る。

「止まれ！」

銃口をぴたりと湊に向けて警告した。

湊のどこか人を馬鹿にした笑みは、その程度で消えることはなかった。

「なんだ、高みの見物を決め込んでいたんじゃないのか」

「ふざけるな」

撃鉄を起こして、いつでも撃てる状態にする。この男は危険だ。侮っていたつもりはないが、結果このざまだ。

知力を武器とする男だからこそ、それを生かすためには相応の準備が必要になると分析していた。だから閉鎖空間を作り、そこに閉じ込め、絶対怪異に勝てない状況を作り出した。準備は万全のはずだった。

——どこで間違った。

絶対と思えた勝利条件を満たしたのに、いま薄ら笑いを浮かべているのは湊で、九尾の狐は倒され怯えて泣いている。

「いったい何をした！　何をしたらこんなことになる！」

改めて間近で見たルビーの体は、無残に砕け散っていた。

「なんだ、これを見てもわからないのか」

湊が背後の氷柱があった場所を指さす。

いままで九尾の狐が何度も壊した氷柱となんら違いがあるように思えない。いや一つだけ違うところがあった。氷柱の立っていた地面には井戸がある。

いまなお上からはパラパラと氷のかけらが落ちてきていた。そのうちのいくつかは井戸の中に吸い込まれるように消えていく。

だからなんだというのか。井戸に建っていようが地面に建っていようが、氷柱は氷柱だ。

湊の言わんとしていることがわからず、伊織は氷柱と湊を交互に見た。

そのうちおかしなことに気づく。見覚えのある氷のかけらが何度か空から降ってきた。

「井戸が空につながっているのか」

空間がループする形で閉じているなら、地面の下と空がつながっているのはおかしなことではない。

「そう。つまり井戸のところだけは高さが無限にある。うまく落とせば、永遠に加速し続ける」

「そんなわけがあるか。空気抵抗がある。数百キロまで加速するかもしれないが、それ以上は速度が出ない。数百キロの速さの落下物が当たったところで、九尾の狐の体を砕くことができるわけがな……」

　そこで伊織はとんでもないことを見落としていたことに気づいた。音を遮断するユウキの術の存在だ。

「まさか真空を作る術があるのか」

「ご名答。そうだ。井戸の落下線上には空気がない。つまり加速し放題ってわけだ」

　湊は指を二本立てた。

「この作戦の肝は二つある。一つはこの空間のループを利用した無限に加速する落下装置。井戸の中に空洞の氷の柱を築き、空気を抜いて真空にし、弾丸になるものを落下させる。落下させる時間が長ければ長いほど、速度は増し威力はでかくなる。俺たちが稼いだ落下時間は、ざっと二時間くらいか。重力加速度を9．8とした場合、単純計算で時速何キロになると思う？」

　加速度9．8メートルを二時間続けた。それがどれだけ途方もない速度になるのか、簡単に想像がついた。

「……時速25万キロ以上か」

「そう、東京大阪間を十数秒で往復できる速さだ。リニアモーターカーなんか目じゃないな。エネルギー換算にして弾丸の重さは1キロプラス0．4グラムとして、ええと……ざっと二十五億ジュールくらいか。それを一点に集約させた。いやあ、助かったよ。地球上ならほぼ倒す方法はなかった。自分から倒す手段のある舞台を用意してくれるなんて、親切な怪異もいたものだ」

なんという皮肉だ。湊にいっさい準備をさせないための閉鎖空間があだになるとは。

「弾丸はなにを使ったんだ？　御蔭神道が持ち込んでいた玄翁か」

「50点。さっきの俺の言い方で気づいて欲しかったな。1キロプラス0．4グラムって言っただろう」

1キロは玄翁の重さのことだろう。しかし0．4グラムとはいったいなんのことか。わずかな重さをわざわざ湊が意味ありげに言うのが気になった。

「念のため一応地球上で一番硬い自然物質を使ったんだよ」

その物質の見当はついたが、なぜ湊が持っているのかわからない。

「それがここにあるはずはない」

「なあ。そうだよなあ。だがあったんだ。そう。あんたが理彩子に用意した婚約指輪。2カラットのダイヤモンド、0．4グラムだ。弾丸の先端部分としてこれ以上のものはない」

「空間の狭間か……」

「あんたほんとに頭がいいな。察しが良くて助かる。しかしどんなに威力のある武器を用意しても、当たらなければ意味がない。もう一つの肝は、どうやって時速25万キロの弾丸を九尾の狐にぶつけるかだ。氷柱に警戒されて、遠くからレーザーで破壊されては台無しだ。氷柱に体当たりしてもらう必要があった。二時間俺たちが氷柱を利用して逃げ回っていたのは、落下時間を稼いでいただけじゃない。氷柱はただ足止めするための障害物で、体当たりで壊すのが一番簡単で効率的だと思わせる。それが本来の目的だった」

上下につながった井戸、ダイヤモンド、ユウキが用意した本来の用途とは違う真空を作る術。どれが欠けていても実現不可能だ。

「ふざけるな。全部たまたまじゃないか。偶然、おまえに都合のいい条件がそろっていた。そんな、そんな理不尽が、不条理があってたまるものか」

「おいおい、まさかそんな不確かなものが敗因だと思ってるのか。あんたに運がなかったんじゃない。俺が運が良かったわけでもない。今回の敗因は、明らかにあんたの自尊心のでかさだよ」

「なんだと？」

「俺が邪魔なら普通に殺せばいいんだ。それこそいま持っている銃で撃てば、それで終わりだ。じつに簡単だ。なのにあんたは俺を怪異で上回ろうとして、御大層な舞台で殺そうとした。無駄な対抗心が、あんたを敗北に導いたんだ」

「まだ終わったわけじゃない！」

伊織は湊を狙って引き金を引こうとした。とたん、真横から飛んできた矢が銃を持っている手の甲を射抜いた。銃は明後日の方向に撃たれ、そのまま手から零れ落ちた。

「これ以上罪を重ねるのはやめてください」

いつのまにか沙耶が姿を現し、厳しいまなざしで次の矢を伊織に狙いを定めていた。伊織はうなだれ、その場に膝をついてしまった。もはやなにも手段は残されていなかった。

そのとき、ずっと弱弱しかった九尾の狐が、湊めがけてとびかかった。最後の力を振り絞ったのだ。

しかし開いた口が湊に届くことはなかった。長い縄が全身に巻き付き、空中に縫いとめられてしまった。悪人をどこまでも追いかけてとらえるという不動明王の羂索だ。

羂索に捕らえられたまま、それでもなお逃れようと暴れる九尾の狐の体には亀裂が徐々に広がっていく。

「もう逃げられないよ」

ユウキは容赦なく羂索を引き絞った。すでに限界だったひび割れたルビーの体は、さらに細かく亀裂が入り、ついに粉々に砕け散った。

「日本三大妖怪にしては、あっけない最後だね」

砕けた破片は地面に落ちる前に、霧のように消え去ってしまう。

「ああ、ああ……。あんなにも美しかったのに」

伊織は手を伸ばすが、すべて消えてしまった。そのまま膝をつき、魂が抜けてしまったように、呆然としていた。

「なんだか哀れです」

一度は叔母のお見合い相手として会ったことのある人物だ。沙耶の心情は複雑なものだった。

「はあ、でも疲れた。二時間も真空維持なんて、おっさんもいうことが鬼だよね」

「おつかれさまユウキ君」

沙耶が頭をなでると、それだけでユウキはすべての苦労が報われた気持ちになった。

周囲がふいに明るくなった。いつのまにかなにも見えなかった空には、赤い夕日が浮かんでおり、周囲を赤く染めていた。

何度も歩きまわされた鳥居の石畳の向こうに、夕日に照らされた人影が見えた。長く伸びた影が足早に駆け出してきた。

「沙耶！　ユウキ君！」

理彩子は走りよって沙耶とユウキに抱きつく。

「俺にも熱い抱擁はないのか？　その無駄にでかいおっぱいの感触の価値、十かそこらのガキにはわからないだろう」

理彩子は二人を抱きしめたまま、顔だけを湊に向ける。

「ありがとう。あなたならなんとかしてくれると思ってた」

湊は肩をすくめて、どこか面倒くさそうだ。

「別に。俺一人の力じゃないしな」

「珍しく謙虚ね」

「婚期を逃しそうなくせに指輪を放り投げるなんて、どこかの馬鹿のアシストがあったんだよ」

「ええ、そうね。馬鹿なことをしたものだわ」

微笑む理彩子の横顔に夕陽の光が差し込む。湊は眩《まぶ》しそうに眼を細めると、照れたようにそっぽを向いてしまった。

エピローグ

ヘリコプターの爆音が近づいてきた。遠くに小さく機影が見える。

「わあ、ほんとに来たよ」

へたりこむようにして休んでいたユウキは、近づいてくるヘリにあきれ半分感心半分の感想をもらす。

つい先刻、修練場から帰ろうとするときに、一人駄々をこねるろくでなしがいた。

——俺はもうへとへとなんだ。またあんな長い山道を歩いて帰れるか。おぶれ。車を用意しろ。エスカレーターをつけろ。ヘリを呼べ、ヘリを！

それで手配されたのがヘリコプターだ。今日ばかりは御蔭神道も湊のわがままにつき合わざるを得ないだろう。

湊は地面に大の字になって伸びている。一歩も動きたくないぞというアピールを続行中だ。

沙耶はそんな湊にはかまわず、心配そうな顔で、遠くから二人の人物を見守っていた。一人は理彩子。もう一人は捕まった伊織だ。

うなだれて座り込んでいる伊織をじっと見下ろしていた理彩子だが、丁寧なお辞儀をして硬い口調で語りかけた。

「お見合いのお話は断らせていただきます」

伊織はのろのろと顔を上げると、自嘲気味に笑った。

「当然でしょうね。敗者である僕にはなんの価値もない」

「敗者とかそういう問題ではないかと思います」

「かもしれませんね。ただ一つだけ言わせてください」

伊織は理彩子をまっすぐに見つめてきた。

「僕は本当にあなたのことが好きでした」

理彩子のほうが思わず目をそらしてしまう。伊織に恋愛感情を抱いていたわけではなかったが、何年かの交流の中で好感は持っていた。こんな姿を見たくはなかった。

「先日いただいた指輪はお返しします」

それが決別の言葉であるかのように理彩子はきっぱりと言った。

「ああ、それは無理だぞ」

そこへ間の抜けた声が二人の間に割って入ってきた。

「え、無理ってどういうこと？」

理彩子は驚いて大の字になっている湊を見る。

「壊れた」

「え？」

「だからあの指輪は壊れたんだ。粉々。木っ端みじん。いや衝突の熱量で消し炭になったかプラズマ化したかもな。どっちにしてもこの世のどこにも残っていない。だから返すことは無理。不可能です！」

そう言ってへらへらと笑う。

「ちょ、ちょっと待って。私のすべてにケリをつけるという、この決めのシーンはどうなるのよ！」

「台無しだな。つうかおまえ脳内でそんなこと考えてたのか？　三十にもなってなに考えてるんだ。痛すぎだろ」

「まだ二十九です！」

「三十路秒読み段階だろうが。そんなの誤差だ誤差。ゆとり教育なら三十って教える数字だ」

二人が言い合っているのを伊織は面食らった様子で見ていたが、

「かなわないな」

あきらめたようにつぶやいて、空を見上げた。
その横顔は空虚で、それでいてどこかすがすがしかった。

【閑話】
驚

荒田孝元にとってその日、目の前で起こったことは、間違いなく彼の人生ベスト3にランクインするほどの驚きだった。

「ほら、やるよ」

いつものように三人でカフェに集まっていると、湊がなにげなく理彩子に瀟洒《しょうしゃ》な小箱を渡した。

「ほんと、いいのに」

「九尾の狐を退治するのにダメにしてしまったからな。これくらいの責任は取らせろ」

二人の間に気になる会話が繰り広げられる。聞くに聞けない雰囲気に、孝元はただ耳を澄ますしかなかった。

「本当にもう、いいのに……」

理彩子が小箱を開けると、中から出てきたのは大粒のダイヤの指輪だった。

「ぴゃあああああぁぁぁっ！」

孝元の奇声が店内に響き渡った。

——ゆ、指輪ですか。あんな大粒のダイヤの指輪。どう見ても婚約指輪じゃないですか。それをそれを、湊君から理彩子さんへ贈るなんて。

二つのまなざしがじっと孝元を見つめていた。

「いったいどうしたの？」

「挙動不審だぞ」

気のせいか、なにやら二人の行動も息がぴったりに見える。

「ええと、そのダイヤは湊君が誰からか預かったものを理彩子さんに渡してるのかな？」

なにか勘違いしている可能性もある。指輪の出どころと理由をきちんと聞いておかねばならない。

「そんなわけないだろ」

「湊君が責任を取るといって聞かないのよ。私はどうでもよかったんだけど」

「せ、せ、責任？　責任ってあの、やっぱり、そういうことなんでしょうか？　いや、これは、これは、これは！」

千手観音《せんじゅかんのん》のように手をわちゃわちゃと動かし、孝元は混乱の極致へと到達しようとしていた。

「おちつけ、落ち着くんだ僕。そうだ深呼吸をしよう。ひっひっふー、ひっひっふー」

「いつからおまえ妊娠してるんだよ」

「妊娠！」

「あの孝元さん、いちいち叫ばないでもらえる？　ちょっと恥ずかしいから」

そうか。未婚の巫女で妊娠したとなるとさすがに恥ずかしいだろう。

ここは温かく静かに見守ろう。年長者として。

「でも本当にいいの？　２カラットって安くないでしょ」

「２カラット！」

叫ぶ孝元。

「俺だって責任を取ることくらいあるんだよ」

「責任！」

再び叫ぶ孝元。

「おまたせしましたクリームソーダでございます」

「クリームソーダ！」

みたび叫ぶ孝元。

「おまえちょっとうるさいぞ」

「本当にどうしたの？」

驚いて凍り付いているウェイトレスに謝りつつ、理彩子は周囲の視線が集まっていることを感じていた。

「孝元さん、あの、ちょっと周りの視線を集めてて恥ずかしいんだけど」

「無理もないですね。みなさん、めでたい出来事を祝福しているんですよ」

「めでたいって、おまえの頭の中か？」

「ははは、ご冗談を」

「いや、冗談でなく、本気で心配してるんだが」

湊と理彩子の目が本気で心配している。

――ああ、そうか。

孝元は一人納得した。

――二人がくっつくことで、僕たち三人の関係性が変わるのを心配しているに違いない。

「ふふ、大丈夫ですよ。僕は一人でもやっていけます」

「どこが大丈夫なんだ。いまのおまえを一人にしたらやばいだろ。事件を起こしそうだ」

二人は気を取り直して、会話を続ける。

「ところで肝心なことを聞いていい？　この指輪どうしたの？　もっとストレートに

言うと、お金どうしたの？」

湊が何か答えようと口を開きかけたとき、孝元はこれはいけないと口を挟む。

「うわああ、ちょ、ちょっと待ってください。理彩子さん、いけない。それは聞いてはいけない。年長者として言わせてもらいますが、そのようなデリケートな部分に踏み込むのはよくありません。きっと湊君は汗水いっぱい流してお金を稼いだんです。そうに決まっています」

きっとこの日のためにコツコツとお金を貯めたに違いない。雨の日も風の日も雪が降っても槍《やり》が降っても、理彩子のために、愛する人のために、湊は借金とりと戦いながらお金を貯めたに違いない。

そのときの苦労を思うと、いや愛のためなら、そんな苦労もいとわなかったのではないか。

――立派です。立派です湊君。

長年の付き合いが走馬灯のように脳裏によみがえる。胸が熱くなる。

「おい、こいつ涙ぐんでるぞ」

湊は気持ち悪そうに孝元を見る。

「ほうっておいてあげましょう。きっと何かあったのよ。今日の孝元さん、情緒不安定すぎるもの」

「何かってなんだよ」

「それこそデリケートな問題よ。フラれたとか」

　孝元は涙を乱暴にぬぐい、

「いや、お見苦しいところをお見せしました」

　と晴れやかに笑う。

「見苦しいっていうか怖いぞ。話は戻すが、この前の事件で御蔭神道と警察から依頼料をたんまりもらったから、その金で買ったんだよ。依頼料というより口止め料だけどな」

　そういってニヤリと笑う。

　――ま028また、湊君も悪ぶって。でも僕には本当のことがわかってますよ。

　温かい目で見守る。

「おい、なんだかニタニタ薄気味悪い笑顔を浮かべてるぞ」

「孝元さんの身の回りに何かあったのか、こんど調べておくわ」

　二人がこそこそ話している姿も、孝元は温かく見守っていた。さすがに僕の前でも恥ずかしい会話があるのだろうと解釈していた。

「そもそも前の指輪はどうするつもりだったんだ？」

「返すつもりだったわよ。あなたがぶちこわしてくれたけど。ふふ、それにしても、悪い男もいたものね。あんなやつに惚れられるなんて、私、男運ないのかしら？」

「どうだかな。俺もそいつも女狐に騙されたともいえるぞ。二匹の女狐にな」

「あら、私は騙されてないし騙してもいないわよ」

——な、な、なんですかこのアダルティな会話は。

「いらないいなら質草にでもしておけ。つうかそうしろ」

「そもそも指輪のサイズ、あってるの？」

「昔聞いたことがあるだろ」

「そうだっけ？」

二人のやりとりは興味深いものだったが、やはり蚊帳《かや》の外に感じてしまう。

「いえ、慣れるしかないですね。二人を祝福しましょう」

一人、悟りを開いたような顔でうなずく孝元は、それから二週間、ずっと誤解したままだった。


「これどうしようかしら」

湊からもらった指輪の処分に頭を悩ませる。いうとおり質草に流すのはさすがにもったいない。

指輪をなんとはなしに眺めているうちに、ふと、いたずら心がわいた。

「一度くらいはめてみようかしら」

少し照れくさい気持ちになりながら、右手の薬指に指輪をはめようとした。しかしその行為はすぐに断念することとなる。

「あれ、入らない」

湊は昔聞いたことがあると言っていた。言われてみれば怪異の捜査で変装したときにイミテーションの指輪をつけたことがあった気がするが、それはもう七年近く前の話だ。

「もしかして太った……？」

少し悩んだ末、理彩子はおそるおそる左手の薬指に指輪をはめる。

「ほら、左手のほうが細いからね」

誰もいない部屋でいったい誰に言い訳をしているのか。少々きつく感じたが、左手の薬指に入った。

「わあ……」

指輪のはまった左手薬指を見ると、なんだか気分が高揚してくる。ダイヤの煌《きらめ》きは美しく思わずうっとりしてしまった。

「ああ、なしなし。まったくなにやってるんだろう」

理彩子はあわてて指輪を抜こうとして、一大事が起こっていることに気づいた。

「あれ、抜けない？」

指輪を思い切り引っ張っても、指の関節に引っかかってしまった。

「え、嘘でしょ？」

冷汗が背中をつたった。2カラットのダイヤモンドは目立つ。さすがにこれをしたまま出かけられない。

そこへ玄関から人の入ってくる気配と、

「ただいまかえりました！」

沙耶の明るい声が聞こえてきた。

「ああ、沙耶ちょうどいいところに帰ってきてくれたわ。じつは湊君からもらった指輪が抜けなくなっちゃって」

そういって左手の薬指の指輪を沙耶に見せると、

「ぴゃあああぁぁぁっ！」

理彩子は本日、二回目の奇声を聞く羽目になった。

あとがき

こんにちは葉山透《はやまとおる》です。

長編が続いていましたが、今回はひさしぶりに中編二本です。

今作の話の一つ「狐」は、五巻の「石」の続き的な話になります。

もし五巻を読んでいなくて、本文を読むのもこれからで、なおかつあとがきから読んでしまって五巻の内容を知らないと楽しめないのかと不安になっているあなた（すごい限定的）安心してください。五巻を読んでいなくても、もしくは読んだけどもう覚えていないという人でも、楽しめる内容になっています。

作中に出てくる桂山荘というホテルは、都内にある某ホテルをモデルにしています。作中と同じく庭園が有名なホテルです。

一度、友人の結婚式で訪れたことがありますが本当に素敵でした。時期がくれば放流されたホタルを見ることができるそうです。都心の真ん中にあるというのに、すごいですね。

（ちなみに、以前、あとがきにも登場している私の大好きな三浦半島《みうらはんとう》では、街中でもホタルを見ることができる場所がけっこうあるんですよ。今年も見に行きましたが、街中のフッーの川にホタルが舞うのはなんだか新鮮です）

ではもしかしたら湊とユウキが飲んでいたクリームソーダもあるのかも、と思ったあなた。鋭いです。

ただし同じホテルではなく、昔、メディアワークス文庫編集部が新宿にあったころ、その通り道にあったホテルのものです。

編集部があまりにも遠く、うだるように暑くて、逃げるように入った京王プラザホテルのラウンジにありました。

背の高いグラスに入ったためちゃくちゃ豪華なクリームソーダ。本物のメロンを搾ったものをソーダで割って、一つ一つすごい時間をかけて作っていました。安っぽくも親近感のわく人工的な緑色のクリームソーダという飲み物の概念を見事に打ち砕かれました。

隣の席に座っている人が飲んでいるのを、うらやましくて指をくわえて見ていたのをいまでも覚えています。

なぜ頼まなかったのかというと、内容の豪華さにふさわしい値段だったからです。頼もうとして思わずメニューを二度見しました。

今回書きながら、やっぱり清水の舞台から飛び降りる気持ちで飲んでみればよかったなとちょっと後悔。いつかまたあのホテルに行くことがあったら、今度こそ夏限定の本物のメロンを使ったメロンソーダのクリームソーダ、を飲んでみます。

さて作中では真夏ですが、なぜ発売日は真冬なのに真夏の話？　と疑問に思った方もいるかもしれません。

じつはミナトは一冊につき一ヶ月経過しているというイメージで書いています。

(微妙に前後してる時もあります)

一巻がだいたい十月のイメージ。二巻は十一月と進んでいき、四巻がお正月で、十一冊目になる今作は八月です。

最初はこんなに長く続けられると思わなかったので、一冊一ヶ月なら、サザエさん方式とかわらずやれるだろう、と思っていましたら……。

一年たって、作中の登場人物も歳をとりました。一部うれしくない登場人物もいるようですが、現実は非情なのです。フィクションだけど。

さてここからは宣伝です。

ひさしぶりに完全新作を書きました。

出版は幻冬舎さん。ひと月早い、十二月に発売されております。

タイトルは『それは宇宙人のしわざです　竜胆くんのミステリーファイル』です。

初の単行本です。表紙イラストはワカマツカオリさん。とってもオシャレな表紙の本になりました。

オシャレすぎてなんだか自分が書いた本ではないみたいです。

でも内容はやっぱり葉山透テイストがチラホラ。私は頭が良い天才タイプ、でも変人、が好きなんだなーと。え？　いまさらですか？

よかったら、ぜひそちらもお手にとってみてくださいませ。


来年はミナトももちろんですが、新シリーズや一冊完結の新作も、もう少し出していきたいな、と思っています。

最後に謝辞を。

今回も各所にご迷惑をおかけしてしまいました。

編集の清瀬さん、校閲の土肥様、生産管理担当の皆様、印刷所の皆様、本当にすみません。そしていつも本当にありがとうございます。

イラストレーターのｋｙｏ様。かっこいい湊は眼福の一言です。ｋｙｏさんのイラスト目当てに、嫌がる理彩子に振袖を着せ、湊にはホストのかっこうをさせました。

そして最後にいつも買ってくださる読者の皆様。ブログやメールで、温かい応援の言葉をくださる皆様。とてもとても、励まされています。

気づけば作家になって十五年たっていました。

言葉にして改めて驚くほど、あっという間だった気がします。

ここまで続けてこられたのも、本当に様々な方のサポートと読者の皆様の応援のおかげです。

これからも面白い小説を書けるように精進してまいりますので、よろしくお願いいたします。

２０１７年12月　　葉山透

葉山 透

著作リスト

0能者ミナト（メディアワークス文庫）
0能者ミナト〈2〉（同）
0能者ミナト〈3〉（同）
0能者ミナト〈4〉（同）
0能者ミナト〈5〉（同）
0能者ミナト〈6〉（同）
0能者ミナト〈7〉（同）
0能者ミナト〈8〉（同）
0能者ミナト〈9〉（同）
0能者ミナト〈9〉ドラマCD付特装版（同）
0能者ミナト〈10〉（同）
0能者ミナト〈11〉（同）
9S〈ナインエス〉（電撃文庫）
9S〈ナインエス〉II（同）

9S〈ナインエス〉III（同）
9S〈ナインエス〉IV（同）
9S〈ナインエス〉V（同）
9S〈ナインエス〉VI（同）
9S〈ないんえす？〉SS（同）
9S〈ナインエス〉VII（同）
9S〈ナインエス〉VIII（同）
9S〈ナインエス〉memories（同）
9S〈ナインエス〉IX（同）
9S〈ナインエス〉X true side（同）
9S〈ナインエス〉XI true side（同）
ルーク&レイリア 金の瞳の女神（一迅社文庫アイリス）
ルーク&レイリア2 アルテナの少女（同）
ルーク&レイリア3 ネフィムの魔海（同）
ルーク&レイリア4 マグノリアの歌姫（同）
ニライカナイをさがして（富士見ミステリー文庫）
ファルティマの夜想曲 恋するカレン（ビーズログ文庫）
それは宇宙人のしわざです 竜胆くんのミステリーファイル（単行本 幻冬舎刊）

〈初出〉
第一話『嘘』／電撃文庫ＭＡＧＡＺＩＮＥ Ｖｏｌ・58（２０１７年11月号）
文庫収録にあたり、加筆・訂正しています。

〈書き下ろし〉
第二話『狐』
閑話『鷲』

この物語はフィクションです。実在の人物・団体等とは一切関係ありません。

◇◇メディアワークス文庫

0能者《れいのうしゃ》ミナト〈11〉

葉山《はやま》 透《とおる》

2018年1月25日　初版発行
2025年2月15日　3版発行

発行者　山下直久
発行　株式会社KADOKAWA
〒102-8177　東京都千代田区富士見2-13-3
0570-002-301（ナビダイヤル）
装丁者　渡辺宏一（有限会社ニイナナニイゴオ）
印刷　株式会社KADOKAWA
製本　株式会社KADOKAWA

●お問い合わせ
https://www.kadokawa.co.jp/（「お問い合わせ」へお進みください）
※内容によっては、お答えできない場合があります。
※サポートは日本国内のみとさせていただきます。
※Japanese text only

※定価はカバーに表示してあります。

Printed in Japan
ISBN978-4-04-893668-2 C0193

メディアワークス文庫　https://mwbunko.com/

本書に対するご意見、ご感想をお寄せください。
あて先
〒102-8177　東京都千代田区富士見2-13-3
メディアワークス文庫編集部
「葉山 透先生」係

メディアワークス文庫
著◎三上 延
驚異のミリオンセラーシリーズ
日本で一番愛される文庫ミステリ
鎌倉の片隅に古書店がある。
店に似合わず店主は美しい女性だという。
そんな店だからなのか、訪れるのは奇妙な客ばかり。
持ち込まれるのは古書ではなく、謎と秘密。
彼女はそれを鮮やかに解き明かしていき――。
ビブリア古書堂の事件手帖
ビブリア古書堂の事件手帖
～栞子さんと奇妙な客人たち～
ビブリア古書堂の事件手帖2
～栞子さんと謎めく日常～
ビブリア古書堂の事件手帖3
～栞子さんと消えない絆～
ビブリア古書堂の事件手帖4
～栞子さんと二つの顔～
ビブリア古書堂の事件手帖5
～栞子さんと繋がりの時～
ビブリア古書堂の事件手帖6
～栞子さんと巡るさだめ～
ビブリア古書堂の事件手帖7
～栞子さんと果てない舞台～
発行●株式会社KADOKAWA アスキー・メディアワークス